rororo

Weihnachtsgeschichten am Kamin 13

★

Gesammelt von
Ursula Richter

Rowohlt Taschenbuch Verlag

Originalausgabe
Veröffentlicht im Rowohlt Taschenbuch Verlag GmbH,
Reinbek bei Hamburg, November 1998

Umschlaggestaltung: C. Günther / W. Hellmann
Foto: Römer in Frankfurt a. M. –
Tony Stone Images / Wilfried Krecichwost
Satz Bembo Postscript (PageOne)
Gesamtherstellung Clausen & Bosse, Leck
Printed in Germany
ISBN 3 499 22417 8

Einstimmung: Das Fest des Lichts

In den Bäumen von Marktplätzen, Straßen und Vorgärten glänzen jetzt wieder die Lichterketten. An den Adventskränzen und an den Christbäumen werden Kerzen angezündet. Der anheimelnde Schimmer wie der strahlend helle Schein zeigen: Weihnachten ist das Fest des Lichts, genauer: das Fest des Lichts in der Dunkelheit.

Aber was für ein Licht feiern wir da, und was ist seine Bedeutung für uns?

Da Weihnachten ein christliches Fest ist, können wir eine Antwort auf diese Fragen am ehesten in der Bibel suchen. Aber auch unsere lieben alten Weihnachtslieder enthalten eine Fülle von Hinweisen auf das Licht. Sie nehmen viele der biblischen Aussagen über das Licht auf und bringen sie uns in poetischen Bildern und eingängigen Weisen nahe. Ja, es stimmt, neben den Lichtern sind es vor allem die Lieder, die für uns zur Weihnachtsstimmung gehören. Und so will ich einige Liedtexte vorstellen, die uns helfen können, den Sinn und die Bedeutung des Weihnachtslichts zu erschließen.

> O klare Sonn, du schöner Stern,
> dich wollten wir anschauen gern;
> o Sonn, geh auf, ohn deinen Schein
> in Finsternis wir alle sein

heißt es in der 5. Strophe des Adventsliedes «O Heiland, reiß die Himmel auf». Ein anderes Lied drückt es ähnlich aus:

Vertreib das Dunkel unsrer Nacht
durch deines klaren Lichtes Pracht.

Nicht ein Himmelskörper wird da besungen. Wir feiern kein Fest der Sonnenwende wie unsere heidnischen Vorfahren und wie die Nazi-Ideologen es als Kult wieder einführen wollten. Nein, was da herbeigesehnt wird, ist das Licht, das an Weihnachten aus dem Jenseits ins Diesseits gekommen ist. Das ist ein Wunder und – wie jedes Wunder – verstandesgemäß nicht zu fassen. Aber in der christlichen Dichtung hat man versucht, es zu den vielfältigen Erscheinungsformen des Lichts in unserer Welt in Beziehung zu setzen. So heißt es, dieses Licht sei die Sonne allen Lebens, oder das Morgenlicht der Klarheit und Herrlichkeit des Himmels. Auch der Stern von Bethlehem wird als ein Zeichen dieses Lichts gesehen. Er erscheint als der Morgenstern, der dem Abendland die Zukunft seines Heils und aller Welt den Morgen geschichtlicher Wende ankündigte.

Der Prophet Jesaja hat dieses Wunder von Weihnachten Jahrhunderte vor Christus in die Worte gekleidet: «Das Volk, das im Finstern wandert, sieht ein großes Licht und über die da wohnen im finstern Lande, scheint es hell» (Jes. 9,1). In den Christvespern an Heiligabend wird diese «Verheißung» gelesen, weil sie sich nach christlichem Glauben im Stall von Bethlehem erfüllt hat. «Denn uns ist ein Kind geboren, ein Sohn ist uns gegeben und die Herrschaft ruht auf seiner Schulter …» begründet Jesaja selbst das Lichtwunder. Das Licht, das wir Weihnachten be-wundern und feiern, ist also Symbol göttlicher Gegenwart in der Welt.

Obwohl von Propheten des jüdischen Volkes angekündigt und von Menschen vieler Religionen immer wieder ersehnt, geschah und geschieht das Wunder göttlicher Gegenwart überraschend. So fürchteten die Hirten sich sehr, als «die Klarheit des Herrn» sie umleuchtete.

Aus dem Weihnachtsoratorium von J. S. Bach kennen viele Menschen den Choral

> Brich an, du schönes Morgenlicht
> und laß den Himmel tagen!
> Du Hirtenvolk verzage nicht,
> da dir die Engel sagen,
> daß dieses kleine Kindelein
> soll unser Trost und Wonne sein,
> dazu den Satan zwingen
> und endlich Frieden bringen.

Ein von meinem Großvater Wilhelm Nelle vertontes Gedicht von Max von Schenkendorf durfte bei unserer häuslichen Weihnachtsfeier nie fehlen. Es besingt ebenfalls das Morgenlicht:

> Brich an, du schönes Morgenlicht
> das ist der alte Morgen nicht,
> der täglich wiederkehret.
> Es ist ein Leuchten aus der Fern,
> es ist ein Schimmer, ist ein Stern,
> von dem ich längst gehöret.

Durch die Stimme des Engels erfuhren die Hirten, daß ihnen und allem Volke «große Freude» widerfahren solle. Daraufhin eilten sie nach Bethlehem und fanden die Überraschung. Sie war eingewickelt – in Windeln! Die Hirten staunten und priesen und lobten Gott. Mit unseren, meistens ebenfalls eingewickelten, Weihnachtsgeschenken vollziehen wir das Moment der Überraschung nach und hoffen, damit ein kleines Echo jener großen Freude beim Beschenkten auszulösen.

Falls wir im Weihnachtszimmer eine Krippe aufgebaut haben und uns in die Rolle der Hirten hineinversetzen wollen, wie sie das Kind fanden, dann könnten wir mit dem Lied «Nun singet und seid froh ...» staunend rufen:

Unsres Herzens Wonne
liegt in der Krippe bloß
und leucht' doch wie die Sonne
in seiner Mutter Schoß.

Das Wort «bloß» hat dabei sicher eine doppelte Bedeutung: Das Geschenk liegt gleichsam ausgewickelt, also ganz offen vor uns. Dabei kann uns, wie den Hirten, warm ums Herz werden und ein Licht aufgehen. Dann entdecken wir vielleicht auch, welche Blöße sich Gott in diesem Kinde gegeben hat, das da klein und verletzlich liegt. Aber ein Leuchten geht von ihm aus. Die mittelalterlichen Maler haben dies als goldenen Schein gemalt, der sich als «Heiligenschein» auch um die Häupter der Heiligen Familie legt. Im Hinblick auf sie und alle späteren Heiligen – und zur «Gemeinschaft der Heiligen» gehören ja nach unserem Glaubensbekenntnis alle Christen – will das folgendes besagen: Ihre Erleuchtung kommt nicht aus ihnen selbst. Sie ist nicht ihr Verdienst, sondern Gottes Gabe. Aber diese Gabe verändert die Welt und macht uns zu Kindern des Lichts, wie das Lied «Gelobet seist du, Jesus Christ ...» feststellt:

Das ewig Licht geht da herein,
gibt der Welt ein' neuen Schein,
es leucht' wohl mitten in der Nacht
und uns des Lichtes Kinder macht.

Eine ähnliche Erkenntnis aus dem Lied «Nun komm, der Heiden Heiland ...» lautet:

Dein Krippen glänzt hell und klar,
die Nacht gibt ein neu Licht dar.
Dunkel muß nicht kommen drein,
der Glaub bleib immer im Schein.

Der Glaube, der im Schein der Krippe, im Schein der zu uns gekommenen Liebe Gottes bleibt, wird immer ein erleuchteter Glaube sein – im Gegensatz zu einem «Scheinglauben», der nur zum Schein praktiziert wird und damit nichts anderes ist als Heuchelei. Menschen, deren Gottvertrauen im Schein der Krippe entstanden ist oder wieder durch das Licht der Weihnacht gestärkt wird, werden gern – wie schon Generationen vor ihnen – der Aufforderung des Liederdichters Paul Gerhardt folgen:

Liebt den, der vor Liebe brennet;
schaut den Stern, der euch gern
Licht und Labsal gönnet!

Das Fest soll uns Labsal bringen und nicht Streß. Die Liebe zu Gott und zu den Menschen verwirklicht sich nicht in hektischer Aktivität, sondern darin, daß wir uns gönnen, was Gott uns gönnt. «Fröhlich soll mein Herz springen ...» lautet die erste Zeile dieses Textes, den der Dichter und Pastor kurz nach dem Dreißigjährigen Krieg verfaßte. Ein anderes Lied aus gleicher Zeit spiegelt das überstandene Grauen noch einmal wider. Paul Gerhardt beginnt mit der Zeile «Ich steh an deiner Krippen hier, o Jesu, du mein Leben» und bekennt:

Ich lag in tiefster Todesnacht,
du warest meine Sonne,
die Sonne, die mir zugebracht
Licht, Leben, Freud und Wonne.

O Sonne, die das werte Licht
des Glaubens in mir zugericht',
wie schön sind deine Strahlen!

Viele Menschen haben seither Ähnliches erlebt, sei es in schweren Kriegszeiten, sei es nach einem persönlichen Schicksalsschlag. Sie erfuhren, welche Hilfe ihnen Gott zuteil werden ließ, und wurden von Dankbarkeit erfüllt. Nicht selten ist es gerade das Weihnachtsfest, an dem man sich erinnert, wie man das «Licht am Ende des Tunnels» sah. Oft war Weihnachten selbst der Anlaß dafür, daß es einem wieder warm ums Herz wurde und man zum alten Kinderglauben zurückfand. Ein neueres Kinderlied mit dem Titel «Wir sagen euch an den lieben Advent ...» fordert uns auf:

Nun tragt eurer Güte hellen Schein
weit in die dunkle Welt hinein.
Gott selber wird kommen, er zögert nicht
auf, auf, ihr Herzen, und werdet licht!

Die bisher angeführten Liedstrophen besingen die Weihnachtsgeschichte, wie wir sie aus dem Lukasevangelium kennen. Am tiefgründigsten hat aber das Johannesevangelium das Wunder des Lichts reflektiert. Sein berühmter erster Satz «Im Anfang war das Wort ...» wird folgendermaßen erläutert: «In ihm war das Leben, und das Leben war das Licht der Menschen.» Dieses Wort als Leben und Licht der Menschen nahm menschliche Gestalt an in dem Kind in der Krippe, dem späteren Jesus von Nazareth. Seine Anhänger erkannten in ihm den Messias, den Christus. Ein römischer Hauptmann rief angesichts des am Kreuz Verschiedenen: «Wahrlich, dieser Mensch ist Gottes Sohn gewesen.»

Das große Glaubensbekenntnis der Christenheit, das Nizänum, dessen lateinischen Wortlaut wir in jeder vertonten Messe hören, bekennt darum Jesus Christus als «... Gott von Gott, Licht vom Licht ...» Der Dichter Johann Gottfried Herder hat diese Worte aus dem Johannesevangelium und aus dem Nizänum anbetend meditiert. Sie sind als Lied im neuen Evangelischen Gesangbuch zu finden:

Du Morgenstern, du Licht vom Licht, das durch die Finsternisse bricht,
du gingst vor aller Zeiten Lauf in unerschaffner Klarheit auf.
Du ewge Wahrheit, Gottes Bild, der du den Vater uns enthüllt,
du kamst herab ins Erdental mit deiner Gotterkenntnis Strahl.
Bleib bei uns Herr, verlaß uns nicht, führ uns durch Finsternis zum Licht,
bleib auch am Abend dieser Welt als Hilf und Hort uns zugesellt.

Diesen letzteren Gedanken hat auch Jochen Klepper 1938 als seine Glaubensüberzeugung zum Ausdruck gebracht. In dem Adventslied «Die Nacht ist vorgedrungen ...» ruft er uns zu:

Noch manche Nacht wird fallen auf Menschenleid und -schuld.
Doch wandert nun mit allen der Stern der Gotteshuld.
Beglänzt von seinem Lichte, hält euch kein Dunkel mehr,
von Gottes Angesichte kam euch die Rettung her.

Ich hoffe, daß der Schatz der Weihnachtslieder uns helfen wird, das Weihnachtsfest in dem hier ausgedrückten Sinne als Fest des Lichts zu feiern und darin Trost und Freude zu finden. Die Alternative wäre mit den Worten des Johannesevangeliums nur so zu beschreiben: «Das Licht scheint in der Finsternis, und die Finsternis hat's nicht ergriffen.» (Joh. 1,5) Kerzen und Lichterketten wären da kein Gegenbeweis.

Albrecht Nelle

Anneliese Böckenhauer

Das Märchen vom Stern zu Bethlehem

Draußen war es dunkel geworden. Oben am Himmel stand der Mond. Sein fahles Licht fiel über die Häuser, in denen sich die Menschen zur Ruhe gelegt hatten, um nach harter Arbeit und Mühsal auszuruhen. Hinter einem der Fenster aber lag ein Knabe, der bitterlich weinte. «Warum weinst du?» fragte der Mond, der gerade ins Fenster hereinschaute. «Ich bin so allein», schluchzte der Knabe, «niemand hat Zeit für mich, und niemand ist da, um mir ein Märchen zu erzählen.» – «Wie kann es nur Menschen geben, die keine Zeit für ihre Kinder haben», sagte der Mond erstaunt, «sind Kinder nicht das Kostbarste, was Menschen besitzen?»

«Doch wie es auch sei, nun will ich dir ein Märchen erzählen.» Mit leiser Stimme begann der Mond. Bald hatte sich der Knabe beruhigt und war unversehens eingeschlafen, während ein glückliches Lächeln seinen Mund umspielte. Die kleinen Sterne am Himmel hörten lächelnd zu.

Weit von der Stadt entfernt hatte ein Bettler sein Nachtlager aufgeschlagen. «Warum gehst du nicht zu den Menschen und bittest sie um ein Nachtlager?» fragte der Mond. «Die Menschen wollen mich nicht», erwiderte der Bettler, der beschämt zu Boden blickte, «denn sie meinen, daß mein Anblick dem Ansehen der Stadt schaden könnte.» – «Ist es denn möglich, daß Menschen so lieblos zueinander sind?» gab der Mond zur Antwort, «gibt es unter ihnen keine Liebe mehr?»

– «Nun denn, so will ich sie suchen gehen», fuhr der Mond nach einer Weile fort. Doch sosehr er auch in alle Gassen und Winkel leuchtete, um die Liebe zu finden, sie wollte sich nicht zeigen und blieb ihm verborgen. Vielleicht ist sie im Himmel zu finden, dachte er bei sich, und klopfte an das riesige Himmelstor. Die Liebe, die zu dieser Zeit im Himmel weilte, hatte sich für kurze Zeit schlafen gelegt. «Wer ruft nach mir?» fragte sie, als sie so plötzlich aus dem Schlaf gerissen wurde, «ist es doch meist nur die Weihnachtszeit, zu der man sich meiner erinnert.» – «Ich bin es, der Mond», gab dieser zur Antwort, «geh unter die Menschen, denn ohne dich ist die Welt voller Kälte und Bitternis.» Als die Liebe hörte, was der Mond gesehen hatte und wieviel Schreckliches auf Erden geschah, beeilte sie sich, ihren Auftrag zu erfüllen.

Am Brunnenrand aber saß die Kälte. Ihr eisiger Atem ging über die Bäche und Seen und ließ diese zu Eis gefrieren. Dikker und undurchdringlicher jedoch war das Eis, das sich um die Herzen der Menschen gebildet hatte, denn diese wurden taub für die Not des Mitmenschen. «Mein ist alle Macht auf Erden», sagte die Kälte, «und niemand wird mir meine Herrschaft streitig machen.» In diesem Augenblick trat die Liebe zu ihr. «Ich bitte dich, laß mich zu den Menschen», bat sie, während sie die Kälte mit flehenden Blicken ansah, «ich muß ihnen sagen, was zu tun ist, damit sie einander das Leben nicht unnötig schwer machen.» – «Geh fort», schrie die Kälte, deren Stimme sich vor Haß fast überschlug, «ich hasse alle, die dir ähnlich sind, doch ohne dich ist meine Macht unbestreitbar.» Als die Liebe den eisigen Atem der Kälte spürte, wich sie erschrocken zurück, und für einen Augenblick war es ihr, als sei die Macht ihrer Liebe nicht stark genug, um der Macht der Kälte und des Eises standzuhalten.

Der Bettler hatte sich indessen schlafen gelegt. Doch sosehr er sich auch bemühte, im Schlaf sein Elend zu vergessen, der Schlummer wollte sich nicht einstellen. Seine Glieder schmerzten durch die Kälte auf unerträgliche Weise, und seine Hände waren blaugefroren. Plötzlich sah er einen Fremden, der ihn mit hohlen Augen anschaute. «Wer bist du?» fragte der Bettler, den eine unerklärliche Angst überkam. «Kennst du mich nicht?» fragte der Fremde mit brüchiger Stimme, «Ich bin Herr über alles Leben, ich bin der Tod. Viele sind mir schon gefolgt in diesem Winter, ob sie es nun wollten oder nicht, und auch du wirst bald einer von ihnen sein.» – «Nein», schrie der Bettler voll Entsetzen. Rasch wollte er aufspringen, um seinem Peiniger zu entkommen; da spürte er zu seinem Schrecken, daß seine Glieder von der Kälte erstarrt waren, so daß er unfähig war, sie zu bewegen. Als der Tod seine knochige Hand nach ihm ausstreckte, war es ihm, als wolle alles Leben aus ihm weichen, denn er hatte keine Kraft mehr, sich dem Tod zu widersetzen. Da erschien plötzlich ein kleiner Knabe. In seinen Händen hielt er einen heißen Trank, den er dem Bettler an die Lippen setzte. Es waren nur wenige Tropfen, doch der Bettler fühlte sogleich, daß seine Kräfte zurückkehrten, während wohlige Wärme seinen Körper durchrieselte. Da bemerkte die Kälte, wie das Eis auf Bächen und Seen zu schmelzen begann, und es überkam sie eine düstere Ahnung, daß ihre Macht bald gebrochen sein würde. In diesem Augenblick gelang es der Liebe, unbemerkt an der Kälte vorbeizuschlüpfen und zu den Menschen zu gelangen, um sie zu lehren, in der rechten Weise miteinander umzugehen. Von nun an will ich mir Zeit nehmen für mein Kind, dachte die Mutter des Knaben, der so bitterlich geweint hatte, und sie las ihm täglich ein Märchen vor. Die Menschen in der Stadt holten den Bettler zu sich, gaben ihm Speis' und Trank sowie auch ein Nachtlager. Oben am Himmel aber stand ein heller Stern. Sein Licht war von fast überirdischer Schönheit und Klarheit, das alles Dunkel zu durchdringen schien. Die Kälte fürchtete sich vor dem Licht, das ihr Schmerzen bereitete und sie auf unerklärliche Weise schreckte. «Habe ich doch meine Macht verloren», rief sie voller Zorn, während sie schreiend entfloh. Die Menschen aber hoben ihre Augen empor zu dem Stern. «Der Stern von Bethlehem», sagten sie andächtig. Mitten unter ihnen aber stand die Liebe, und ein jeder wußte, es war Weihnachten geworden.

Heinz Hamm

Wie das Hufeisen zum Glücksbringer wurde

Eine weihnachtliche Erzählung

> Da Jesus geboren war zu Bethlehem im jüdischen Lande, zur Zeit des Königs Herodes, siehe, da kamen die Weisen vom Morgenland nach Jerusalem und sprachen: Wo ist der neugeborene König der Juden? Wir haben seinen Stern gesehen und sind gekommen, ihn anzubeten.
>
> MARKUS 2,1 UND 2

Soweit ist uns die Geschichte bekannt, denn sie steht in der Bibel, diesem dicken, alten Buch, in das bestimmt noch viel mehr Berichte gehörten, wenn es nicht sowieso schon so dick wäre.

Hört nur, was sich da zugetragen hat:

Seit Tagen waren die Weisen nun schon unterwegs. Über weite Ebenen und über steinige Gebirgspfade, durch die Sandwüste und an den wenigen Wasserstellen vorbei führte ihr Weg. Sicher hätten sie sich oft verirrt, wenn nicht der Stern wie ein treuer Wegbegleiter vor ihnen hergezogen wäre. Wohl waren sie gut ausgerüstet, denn sie waren nicht arm. Durch die Kostbarkeit der Geschenke angeregt, die sie dem neugeborenen Königskind mitbringen wollten, halten wir sie ja sogar für Könige. Sie reisten mit ihren Dienern, ritten auf edlen Pferden und hatten ihr Gepäck auf Kamele geladen. Aber trotzdem war es eine mühselige und beschwerliche Reise und sie mußten oft anhalten, um ja auch den Weg nicht zu verfehlen, den ihnen der Stern wies. Als sie endlich in die Nähe von Bethlehem kamen und der Stern sich neigte und oft stille stand, gerade so, als ob er auf sie warten wollte, da muß es geschehen sein, daß Balthasars Pferd ein Hufeisen verlor. Weil sie alle so sehr nach dem Stern schauten, hatten weder die drei Weisen noch einer ihrer Diener das leise, helle Klingen gehört, mit dem das Hufeisen sich löste und neben einem Stein liegenblieb.

Ganz zufällig geschah dies in der Nähe des Feldes, auf dem die Hirten ihre Schafe hüteten und sie auch nachts in den Hürden bewachten. Ihr ahnt, daß es dieselben Hirten waren, denen der Weihnachtsengel zuerst die Botschaft von der Geburt des Heilands verkündet hatte. Erst wenige Tage vorher waren sie mitten in der Nacht aufgebrochen, waren nach Bethlehem gelaufen und hatten dort den Stall mit Maria, Josef und dem Jesuskind gefunden. Alles hatten sie gesehen: das helle Licht, das vom Himmel schien, die Engel, große und kleine, und den herrlichen Gesang hatten sie gehört. Noch immer waren sie ganz ergriffen von dem Wunder, das sie erlebt hatten, und einer mußte dem anderen immer noch etwas erzählen, was er nicht vergessen konnte. Nur der kleine Hirtenjunge Daniel konnte nicht mitreden, denn ihn hatten die älteren Schäfer zurückgelassen, als der Engel sie rief, damit er zusammen mit den Hunden die Schafe bewachen sollte.

Daniel hörte aufmerksam zu, wenn seine Kameraden mit leuchtenden Augen berichteten, und je mehr er hörte, um so trauriger wurde sein Herz, weil er nicht mit an der Krippe gestanden hatte.

Endlich beschloß er, noch in der kommenden Nacht, wenn alle schliefen, sich allein auf den Weg zu machen, um das Kind im Stalle und das helle Licht auch zu sehen. Er war ganz sicher, daß er den Weg finden könnte, denn es würde eine sternklare Nacht geben. Bis zum Sonnenaufgang konnte er längst wieder zurück sein und niemand sollte etwas merken.

So geschah es denn auch. Als die Hirten am Feuer eingeschlafen waren und fest schnarchten, gab Daniel den Hunden ein Zeichen, daß sie nur nicht bellten, und machte sich auf den Weg.

So schnell, wie er in seinen dünnen Sandalen auf dem steinigen Weg laufen konnte, eilte er auf Bethlehem zu. Er war noch gar nicht sehr weit gekommen, als er im Lichte der Sterne etwas auf der Erde blinken sah. Er bückte sich und hob ein glänzendes Hufeisen auf. Wer mochte das wohl verloren haben? Es war ein zierliches Eisen, aber doch ziemlich schwer, und es glänzte wunderbar. Der arme Hirtenbub konnte ja nicht wissen, daß er das Eisen von Balthasars Pferd gefunden hatte und daß es aus echtem Silber war. «Vielleicht hole ich den Reiter noch ein, dessen Pferd das Eisen verloren hat», dachte er, steckte das glänzende Stück in seine Hirtentasche und lief weiter, um das Christkind zu suchen.

Als er schließlich den Stall gefunden hatte, mußte er leise sein, denn Josef war eingenickt und das Jesuskind schlief auch. Aber Maria sah, wie Daniel durch den Türspalt schaute und winkte ihm, hereinzukommen. Die Weisen waren schon längst wieder auf dem Heimwege und so konnte Daniel ganz allein das Kind in der Krippe anschauen. Ein Geschenk hatte er nicht mitgebracht, denn er war arm und besaß selber nichts.

Doch da fiel ihm das Hufeisen wieder ein. Er hatte es gefunden und mußte es deshalb doch abgeben. Als er es aus seiner Tasche nahm, fiel ein Strahl aus Josefs Laterne darauf, daß es nur so blitzte und blinkte.

Gerade da wachte das Jesuskind auf, sah den Buben an und schaute nach dem Blinken, als Daniel das Hufeisen bewegte und schließlich an einen Nagel hängte, der in die Stallwand geschlagen war. Nun hatte auch er das Kind und seine Eltern besucht und die Engel gesehen, die über der Krippe schwebten. Jetzt konnte er mitreden, wenn die anderen Hirten von der wundersamen Nacht berichteten. Sein Herz war voll Glück, als er noch einmal dem Kinde zuwinkte, um dann den weiten Weg zurück zu seinen Schafen zu wandern.

Als Josef und Maria kurze Zeit später mit dem Jesuskinde vor den Soldaten des Königs Herodes nach Ägypten fliehen mußten, nahmen sie das Hufeisen mit, damit nichts im Stalle daran erinnern sollte, daß er die Heilige Familie beherbergt hatte.

Und so hat das Hufeisen von Balthasars Pferd sie auf der weiten Wanderung nach Ägypten begleitet und war auch dabei, als sie nach dem Tode des Königs Herodes glücklich wieder heimkehrten.

«Glücklich» sage ich, denn die Menschen, die nicht an Gottes Führung und Geleit glauben können, haben schon damals gemeint, das Hufeisen hätte die Flüchtlinge beschützt. Sie haben ihre Meinung weitergesagt und viele andere Menschen haben sie gern gehört und gleichfalls daran geglaubt.

Sicher haben auch euch schon Glückwünsche zum Geburtstag oder zum neuen Jahr erreicht, auf denen ein Hufeisen abgebildet war. An vielen Christbäumen finden sich ebenfalls kleine Hufeisen als Schmuck, und wer mag die Anhänger an Ketten und Armbändern zählen? Lauter Hufeisen aus Silber und Gold!

Glückszeichen!?

Aber ihr wißt nun wenigstens, woher der Brauch stammt und warum ein einfaches Hufeisen als Glücksbringer angesehen wird.

Heinz Langer

… oh, oh, oh Tannenbaum …

Die Kinder waren noch sehr klein, als ich ausgerechnet am 23. 12. frühmorgens auf eine größere Geschäftsreise per Bahn nach Duisburg mußte. Wir verhandelten und kämpften bis zum späten Nachmittag im Duisburger Hafen, erhielten einen großen Auftrag von den Mühlenbetrieben und machten uns auf den Heimweg.

Ganz nebenbei: der Auftraggeber wurde vierzehn Tage später durch … XY gesucht, ein internationaler Versicherungsbetrüger.

Den vermeintlichen Auftrag begossen wir fröhlich im Speisewagen mit ein paar heftigen Edelwässern und Bieren. In meiner Heimatstadt verließ ich den Zug; Freund Chris fuhr weiter nach Hannover, wie er nach Hause fand, weiß er bis heute nicht genau. Nun, wohl nicht mehr ganz so nüchtern, erreichte ich mein trautes Heim so gegen 22 Uhr und sah die erste Bescherung:

Mitten im Wohnzimmer lag eine riesige Tanne, meine Frau weinte, die Kinder waren verstört. Nun, was war geschehen: Meinen Freund Lothar hatte ich Anfang Dezember gebeten, einen schönen Tannenbaum zu liefern. Auf die Frage nach der Größe hatte ich geantwortet: Na, wie in der Kirche … Unser Wohnzimmer ist relativ hoch gebaut und steigt auf bis auf sechseinhalb Meter Giebelhöhe.

Und so kam es: Unser Gartenfreund Lothar kam mit einer Acht-Meter-Tanne zu unserem ersten Weihnachtsfest im neuen Haus, sah die Höhe und sägte bereits etwas von dem Baum ab. Meine Frau Usch und unsere Haushilfe trugen diesen Baum ins Wohnzimmer, versuchten ihn in den neu gekauften Tannenbaumständer hineinzubringen. Dreimal kippte der Baum um, dreimal lag die gute Haushilfe unter dem Baum, dreimal rappelte sie sich auf, dann hatte sie die Nase voll ... frohe Weihnachten.

So kam ich nun nach Hause. Die Kinder jaulten, meine Frau war sauer, der Baum lag im Wohnzimmer. Ob es nun an meinen zwei Promille lag oder an einer glücklichen Hand, jedenfalls zwei Stunden später stand die herrlich gewachsene Edeltanne mitten im Wohnzimmer, und wirklich, ihre Wipfel gingen bis hoch an die Dachkante.

Das Schmücken nahm eine gewisse Zeit in Anspruch: viel Holzspielzeug aus dem Erzgebirge, Wachskerzen, kein Lametta, aber Strohsterne und Äpfel hatten Platz an diesem «Bäumchen».

Heiligabend 16 Uhr nach der Kirche, Meike, drei Jahre, und Ulrike, sechs Jahre, warten gespannt auf das Christkind. Sie haben für die Bescherung weiße Gewänder mit selbstgebastelten Engelsflügeln angelegt, sind vorbereitet mit Gedichten, Weihnachtsliedern, Blockflöte bis an ihr Blondhaar. So warten sie in der Küche. Ich entzünde die Lichter am Baum, das Glöckchen klingelt leise, und während ich rufe ... das Christkind war da ... stürzen sie ins Weihnachtszimmer.

In diesem Moment, die Kerzen brennen, es sollte doch Weihnachtsfriede sein, da plötzlich macht der Baum den berühmten «Nickermann», d. h. er knickt langsam feierlich zur Seite. Ich kann ihn gerade noch fassen und rufen: Alle noch mal zurück, das Christkind ist schon wieder da, möchte wohl noch ein paar zusätzliche Geschenke bringen!! Die Kinder stieben wieder zurück, meine Frau genervt, die Omas verdattert. Was tun??

Wir machen aus der Not eine Tugend, befestigen quer durch das Wohnzimmer ein Tau von Ost nach West und eines von Nord nach Süd und eines noch am Dachfirst, so daß auch Hund Bertil dem Baum nichts anhaben kann …

Dann wird Weihnachten gefeiert, und o Wunder, die Kinder haben die Sicherungsseile, die in Kopfhöhe bei ungefähr einem Meter achtzig angebracht sind, nie gesehen. Es wird gesungen und geflötet, geklönt und gelacht. Die Kerzen überstrahlten alles, und endlich kehrt der Weihnachtsfriede ein – auch für mich.

Fortan wurden unsere Tannenbäume etwas kleiner, dafür standfester.

Peter Biqué

Einmal mit der Dampfbahn fahren

Der Weihnachtsmarkt hatte seine Buden geöffnet. Überall duftete es nach Pfefferkuchen und Zimt. Adventszeit. Die Menschen drängelten sich zwischen den Ständen, Holzhäuschen und Zelten. Manche standen herum und genehmigten sich einen Glühwein oder drei Kartoffelpuffer mit Apfelmus.

Auf einem Platz in der Mitte zog eine Eisenbahn auf Schmalspurschienen ihre Runden. Sie wurde mit Wasserdampf angetrieben und stieß deshalb auch immer wieder dichte und dicke weiße Rauchwolken aus. Für eine Mark konnten Kinder rittlings auf den vier Wagen mitfahren. Da hockten sie mit ihren bunten Anoraks und wehenden Schals, mit ihren lustigen Bommel-, Pudel- und Ohrenklappenmützen oder mit Ohrenschützern, die aussahen wie große Stereokopfhörer, hinter der schwarzen Dampflokomotive und amüsierten sich. Manchmal fuhren Erwachsene mit, wenn ihre Kinder noch zu klein waren, um allein auf die Reise geschickt zu werden. Den alten Knaben gefror unterwegs der Schnauzbart, aber ihre Augen glänzten genauso glücklich wie die der Kinder. Die meisten Männer sind bekanntlich Eisenbahnfans: Im zarten Kindesalter sehnen sie sich danach, später einmal Lokführer zu werden, und wenn sie erwachsen sind und selbst Kinder haben, kaufen sie sich eine elektrische Eisenbahn und behaupten, es sei ein Geschenk für den Nachwuchs. Und sie glauben, daß niemand dieses fadenscheinige Manöver durchschaut.

Natürlich war unsere Weihnachtsmarktbahn auch etwas für den fünfjährigen Bernie. Zwar mochte er überlegt haben, ob er sich nicht schon zu groß für derart kindliche Vergnügungen fühlte, aber die Tatsache, daß auch ältere Mädels und Jungs, sieben- und achtjährige, der Verlockung erlagen, mochte den Ausschlag gegeben haben für seine Entscheidung zugunsten einer Rundfahrt.

«Hast du mal 'ne Mark, Peter?» erkundigte er sich. Ich händigte ihm das Geldstück aus, und mein Freund Henri Buchschlag zeigte sich ebenfalls spendabel und meinte zu Bernie: «Jetzt kannst du gleich zweimal fahren.»

Und weil ich neugierig bin und alles genau wissen will, insbesondere dann, wenn es sich um Eisenbahnen handelt, interviewte ich den Betreiber des Bähnchens.

«Das ist 'ne Modell-Lok», sagte der Mann. «Das Original fuhr in den fünfziger Jahren bei uns herum. Und die Spurbreite ist fünf Zoll. Englische Norm. Macht 127 Millimeter.»

Der Zug ratterte vorüber, und ich sah Bernie fröhlich winken. Nach fünf Minuten war alles vorbei, und der Kleine stand wieder bei uns.

«Hör mal», sagte Henri, «war's schön? Möchtest du noch

’ne Runde fahren? Ich habe», und er wühlte in seiner Hosentasche, «zufällig noch etwas Kleingeld.» Bernie hielt die Hand auf.

Henri schaute sich unsicher um. «Was hältst du davon», raunte er, «wenn ich einmal mit dir fahre?»

«Naja.» Bernie zuckte die Schultern. «Wenn du meinst.»

Und um meinem hämischen Grinsen zu entrinnen, führte Henri schnell den Kleinen mit sich fort und näherte sich dem Bähnchen. Zwischen wabernden Dampfwolken bewunderte ich dann meinen alten Kumpel, der schon ein gutes halbes Hundert an Jahren auf dem Buckel hatte, wie er das Feuerroß bezwang. Er strahlte wie ein Honigkuchenpferd, und ich schwöre, er hat dabei feuchte Augen gehabt. Der Schlawiner gehörte also auch in die Garde der heimlichen Eisenbahnfanatiker.

«Ich wußte gar nicht», sagte ich später zu ihm, «daß du so großen Spaß an Eisenbahnen hast.»

«Aber nein», wiegelte Henri ab. «Ich hab’s doch nur getan, um dem kleinen Bernie eine Freude zu machen.»

Lilo Beil

Wie der Nikolaus das Dorf Hornbach entdeckte und wie der Belznickel zu seinem Gehilfen kam

Eine fast wahre Vorweihnachtsgeschichte

Im vorderen Odenwald gab es einst einen kleinen Ort – und gibt ihn noch heute –, der ein wenig abgeschnitten in einem kleinen, malerischen Seitentälchen eingebettet lag. Die großen Ereignisse der Weltgeschichte, die wechselnden Moden und aufregenden Begebenheiten, die allgemeinen Gebräuche der großen Ortschaften ließen das Dörfchen nahezu unberührt.

So kam es, daß die Kinder dieses Dorfes am 6. Dezember nicht wie alle andern Kinder vor die Tür sahen, ob der Nikolaus ihnen eine kleine Überraschung in die vorbereiteten Stiefel gesteckt hatte. Sie drückten sich am Abend dieses überall sonst besonderen Tages nicht die Nasen platt an der kalten Fensterscheibe, sie lauschten nicht halb freudig, halb angstvoll in die winterliche Stille, ob sich dem Hause etwa stapfende Schritte näherten. Weder fürchteten die Frechen die Rute noch erwarteten die Braven sehnsuchtsvoll die Gaben des Weihnachtsmanns, denn dieser war den Kindern des abgelegenen Dörfchens völlig unbekannt.

Da geschah es, daß einmal am späten Abend des 6. Dezember der Bauer Niklas Beltz mit seinem zehnjährigen Bub, der ebenfalls Niklas hieß, sich auf dem Nachhauseweg befand. Die beiden hatten Holzvorräte für den Winter geschlagen und waren etwas vom üblichen Weg abgekommen, teils wegen der dürftigen Markierungen, teils wegen des Schneegestöbers, das eben eingesetzt hatte und ihnen jede

Sicht nahm. Das Fuhrwerk kam kaum noch voran, die Nacht hüllte die beiden, Vater und Sohn, immer dichter ein, und sie fürchteten schon, sie müßten sich einen Unterschlupf bauen aus den Brettern, Stangen, Holzstämmen und Pferdedecken in ihrem Wagen. Da tauchte urplötzlich vor ihnen ein Felsengebirge auf. «Ein Haus aus Felsen und Steinen», rief das Kind. «Hier können wir bleiben, bis das Schneien aufhört, Vater.» So geschah's auch. Unter dem schützenden Felsen harrten Vater und Sohn aus. Das Steinhaus gab auch dem Pferd reichlich Schutz; es wurde ausgeschirrt, trockengerieben und gefüttert. Sogar ein Feuer hatten die beiden entfachen können, denn die Felsen bildeten eine höhlenartige, windgeschützte Nische. Mit den wenigen restlichen Vorräten stärkten sie sich und versuchten, aus allem noch das Beste zu machen.

Da war ihnen, als hörten sie Schritte. Knirschende, schwere Schritte im Schnee. Ein vermummter Greis mit dichtem Bart und im pelzbesetzten, roten Mantel trat ans Feuer. Er stellte einen halbvollen Sack neben sich ab. Dabei löste sich der Strick, und es kullerten Äpfel, Nüsse, Süßigkeiten heraus.

Vater und Sohn hatten schon lange geschwiegen. Sie brachten keine Silbe zusammen, doch der Alte war keineswegs scheu, sondern fragte sie polternd und doch halb scherzhaft, ob sie noch nie den Weihnachtsmann gesehen hätten, und heute sei bekanntlich der 6. Dezember, da könne man ihm schon begegnen.

Kein Erschrecken, keine Freude, keine Verwunderung, kein Wiedererkennen lösten die erklärenden Worte des Weihnachtsmanns aus. In den Gesichtern von Vater und Sohn konnte man gleichermaßen eines lesen: Von einem Weihnachtsmann hatten sie ihr Lebtag noch nichts gehört.

Da erzählte der alte Mann von seiner Arbeit, und wie er

nun schon seit vielen, vielen Jahren in der kalten, finsteren Dezemberzeit den Auftrag hatte, die guten Kinder zu beschenken, den bösen aber mit der Rute zu drohen. Dies hier, und er zeigte auf die restlichen Äpfel, Süßigkeiten und Nüsse, die aus dem Sack gekullert waren, sei doch ein Zeichen dafür, daß er in der Vergangenheit nicht alle Kinder mit seinen Gaben bedacht habe. «Das muß anders werden!» sagte der Alte, und dann fragte er die beiden nach ihrem Namen. «Niklas Beltz», antworteten sie wie aus einem Munde, und der alte Mann lachte schallend. «So heiße ich auch, zumindest beinahe: man nennt mich auch ‹Nikolaus›.»

Beltzeniklas», sagt er zum Vater, «du sollst von jetzt an jedes Jahr am 6. Dezember an meiner Stelle die Kinder deines Dorfes beschenken. Ich bin uralt und schaffe die entlegenen Gebiete nicht mehr so gut wie vor hundert, zweihundert Jahren.» Niklas Beltz strahlte vor Stolz und Freude, aber der kleine Niklas starrte traurig ins Feuer. «Du aber, kleiner Niklas, sollst deinem Vater bei seiner verantwortungsvollen Arbeit helfen.» So sprach der Weihnachtsmann zu dem Buben, denn er konnte in den Herzen lesen und kannte die geheimsten Wünsche.

Und so kommt es, daß jedes Jahr am 6. Dezember die Kinder des kleinen Dorfes im vorderen Odenwald mit ihren Eltern den beschwerlichen Weg – auch «Himmelsleiter» genannt – emporsteigen, um dort am Steinhäusel vom Belznickel und dem Stoonickel beschenkt zu werden, wie die beiden, Vater und Sohn, seither im Odenwälder Dialekt genannt werden.

Für Dorle und Johanna und andere Kinder.
Dezember 1991. Eure Mami

Lilo Beil

Der Wunschzettel der Tiere

Die Tiere versammeln sich heute
bei der großen Tanne im Wald;
in der Ferne hört man Geläute,
denn Weihnachten wird es bald.

Jedes Tier hat einen Zettel dabei,
darauf kann man die Wünsche lesen:
es wünscht sich zum Beispiel der Papagei
für seinen Käfig 'nen Besen.

Der Igel braucht einen Rasierapparat.
Warum, wollt Ihr gerne wissen?
Damit er stumpfere Stacheln hat,
will er die Igelfrau küssen.

Die Spinne wünscht ein Nähkästchen sich,
sie muß ihr Netz oft flicken.
Viele Kuchen auf dem Tisch,
das wünschen sich die Mücken.

Der Elefant fährt zum Nordpol bald,
doch ist er schrecklich verfroren:
bekanntlich ist es dort ziemlich kalt;
er braucht Schützer für seine Ohren.

Der Dackel möchte größer sein,
ein Paar Stelzen hätte er gerne;
einen wunderbar funkelnden Edelstein
wünscht die Elster sich, oder zwei Sterne.

Der Maulwurf hat seine Brille verlegt,
auch braucht er dazu ein Etui.
Der Regenwurm lange den Wunsch schon hegt
nach 'nem gelben Parapluie.

Der Tiger hat seine Streifen satt,
drum braucht er ein Karokleid.
Das Schäfchen wünscht sich die Haare glatt,
es hat seine Locken leid.

Ein Lautsprecher ist des Fischleins Wunsch,
damit man es besser hört.
Der Hirsch tränke gerne heißen Punsch,
wenn er im Röhricht röhrt.

Einen Reißverschluß braucht das Känguruh
für seinen Beutel am Bauch.
Das Känguruh-Kind schläft dann sicher in Ruh
nach altem Känguruh-Brauch.

Die Katze, wie immer anspruchsvoll,
wünscht sich zwei Mäusefamilien.
Sie findet den Wunsch besonders toll,
denn sie braucht Freunde zum Spielen.

Auch der Hund ist eher ein Spielefan,
drum soll der Postbote Spund
als Räuber dreimal ums Häuschen renn',
den Gendarm spielt dann der Hund.

Der Löwe wünscht sich 'nen Missionar,
den will er zum Feste verspeisen,
aber 'nen dickeren als im letzten Jahr,
man möchte ja was zum Beißen.

Der Bär ist bescheiden wie eh und je,
er wünscht sich 'nen Honigtopf,
ein kuscheliges Kanapee
will das Faultier, der träge Tropf.

Zum Schluß liest der Affe den Wunschzettel vor,
ich glaube, er macht nur Witze.
Er will mal singen im Kirchenchor
und erklimmen die Kirchturmspitze.

Das waren die Wünsche der Tiere im Wald,
sie sind genau wie Ihr Kinder!
Sie freuen sich, denn das Christkind kommt bald,
wie ein Lichtlein im dunklen Winter.

Für Dorothee und Johanna (und andere Kinder)
zum 3. Advent 1991. Von Mami.

Rita Kusch

Du alter Esel

Ich bin ein alter Esel, das heißt, so alt bin ich nun auch wieder nicht, gerade mal fünf Jahre. Aber das ist für einen Esel schon ein gutes Alter.

Was ich in einem Buch mit Weihnachtsgeschichten verloren habe, wollt ihr wissen? Sehr viel, finde ich. Auf den meisten Bildern zur Weihnachtsgeschichte bin ich schließlich auch zu sehen. Und darauf bin ich sehr stolz.

Ich war nämlich dabei, als in einem alten klapprigen Stall Jesus auf die Welt gekommen ist. Es war kalt in dem Stall und es zog durch die Ritzen. Ich durfte dem Kind ein bißchen von der Wärme meines dicken grauen Fells abgeben. Und ich durfte ihm meinen warmen Atem ins Gesicht pusten. Ich war von Anfang an in Jesu Nähe. Wer kann das schon von sich behaupten?

Aber nicht nur bei seiner Geburt im Stall von Bethlehem haben wir Esel etwas mit Jesus zu tun.

Mein Ururururururgroßvater, so erzählt man es sich in unserer Familie, war dabei, als Gott durch den Propheten Jesaja sagen ließ, daß ein Esel die Krippe seines Herrn kennt, die Menschen aber nicht. Und wirklich war ich dann ja dabei, dort im Stall. Aber das sagte ich wohl schon.

Und einmal war eine meiner Großmütter sogar ganz sichtbar viel klüger als ein Mensch. Die Eselin des Bileam hat ihrem Herrn das Leben gerettet, weil sie den Engel Gottes auf dem Weg erkannt hat. Sie hat Bileam davor gewarnt, Gottes Weisungen zu mißachten. Sie hatte das richtige Gefühl für das, was von Gott kommt.

Na ja, und ein Verwandter von mir hat Maria überhaupt erst nach Bethlehem gebracht. Auf seinem Rücken durfte die schwangere Frau sich ein bißchen ausruhen. Vielleicht hätte sie den Weg sonst gar nicht geschafft.

Wir Esel haben Jesus noch einmal begleitet. Als er dann ein erwachsener Mann war und in Jerusalem einzog, da durfte wieder jemand aus unserer Familie ihn tragen. Es war schön, wie die Leute ihm zugejubelt haben mit den Ölzweigen und wie sie «Hosianna» gerufen haben. Wie einen König haben sie ihn begrüßt. Und ein König ist er ja auch.

Meine Familie, die Familie der Esel, ist also ganz eng mit Jesus verbunden.

Die Menschen sagen manchmal zueinander: «Du alter Esel!» und wollen sich damit ärgern. Da sind sie, wie ja so oft, ganz dumm. Ein alter Esel zu sein, bedeutet nämlich, ganz eng mit Jesus verbunden zu sein. Wenn also einmal wieder jemand «Du alter Esel» zu dir sagt, sei herzlich willkommen bei uns und stimme dann mit uns ein in den Ruf «IA!», der ja nichts anderes bedeutet, als «ICH AUCH! Ich bin auch ein Freund von Jesus!»

Günter Schiwy

Die Sternensinger und die Weihnachtszeit

In Kreuzofen und Kurwien haben sich im Laufe der Jahrhunderte eigenständige Sitten und Gewohnheiten im kirchlichen Leben entwickelt, die noch vielfach auf heidnische Überlieferungen der Vorfahren zurückzuführen waren. Sie prägten durch die Zeit das christliche Leben, in deren Mitte der Gottesdienst der Kirche und im Hause stand. Doch der alte Götterglaube des preußischen Stammes der Galinder fand sich in vielen ihrer Lieder, Sagen und Märchen sowie Bräuchen wieder. Er war tief im Volksglauben vieler Dörfer im Kreis Johannisburg verwurzelt, weil er der Wesensart dieserMenschen entsprach. Gerade das konservative Verhalten der masurischen Bevölkerung hatte mancherlei kirchliche Traditionen und Eigentümlichkeiten auf dem Land, zum Trotz gegen die Obrigkeit, bis 1945 weitergepflegt. Und da die Heimat für mich Zuflucht in das verlierbare Reich der Erinnerungen bedeutet, möchte ich einige davon schriftlich festhalten.

Die Masuren waren mit der Scholle und Natur enger verbunden, als wir es heute sind. Der Rhythmus des Tages- und Jahresablaufs bestimmte ihr Empfinden und Handeln. Für die

Landbevölkerung war das Wetter ein lebenswichtiger Faktor. Es gab vieles zu beachten, was ernst genommen werden mußte.

Selbstverständlich war Kreuzofen, das im Herzen der Johannisburger Heide lag, davon nicht ausgenommen. Auch hier bestimmte der Jahresablauf mit seinen christlichen Feiertagen das dörfliche Geschehen.

Ich möchte daher meine Betrachtung mit dem Kirchenjahr beginnen und zwar mit dem Weihnachtsfestkreis am 1. Advent: Adventskranz, Adventsalraune, Adventskerzen, Tannenduft! Nach Buß- und Bettag sowie dem Ewigkeitssonntag (Totensonntag) beginnt das neue Jahr der Kirche mit einem Ausrufezeichen: Christ, du darfst dich freuen!

Die Adventszeit weckt in mir immer allerlei gute Erinnerungen an unbeschwerte Tage der Kinderzeit in Kreuzofen. Es sind Tage der Empfindungen mit der Familie und mit guten Freunden. Auf Advent möchte ich nie verzichten! Es ist die stille Zeit des Kirchenjahres.

In den «Heiligen Nächten» durften bestimmte Arbeiten, besonders aber jene, die sich mit dem Drehen verbanden, nicht verrichtet werden. So liefen in diesen Tagen keine Roßwerke, keine Dreschmaschinen, keine Webstühle, keine Spinnräder und keine Nähmaschinen. Andernfalls brachten sie Unglück. Aber es durfte auch keine Wäsche gewaschen und aufgehängt werden.

Am Heiligabend erhielt das Vieh eine besonders große Portion guten Futters. Es sollte ebenfalls an die Geburt Jesu Christi erinnert werden. Bestes Getreide und Heu wurden zusätzlich zum gewöhnlichen Futter an die Tiere ausgegeben. Es war ein in der Qualität aufgebessertes Mischfutter.

Am 4. Adventssonntag wurde abends in der Volksschule von den Schulkindern ein Krippenspiel aufgeführt, an dem das ganze Dorf teilnahm. Alle Schüler freuten sich auf dieses

Ereignis. Jeder von ihnen wollte nach Möglichkeit daran beteiligt werden.

Bei uns in Kreuzofen war es Brauch, daß in der Weihnachtszeit die «Sternensinger» durch das Dorf gingen. Es waren Jugendliche zwischen 15 und 25 Jahren. Am 1., 2., 3. und 4. Advent morgens und abends, am Morgen und Abend des Heiligabends, am 1., 2. und 3. Weihnachtstag, am Silvesterabend sowie am Morgen und Abend des Neujahrstages gingen die jungen Männer und Frauen durch das Dorf und sangen Advents- und Weihnachtslieder. Voran wurde ein beleuchteter Weihnachtsstern mit der Aufschrift «Friede auf Erden» auf einer Stange getragen. Dahinter formierten sich die Reihen der Dorfjugend. Links und rechts jeder Reihe ging ein junger Bursche mit einer Karbidlampe und leuchtete in die aufgeschlagenen Gesangbücher der singenden Mädchen, damit sie die Texte lesen konnten. Sowohl morgens als auch abends war es eine durchaus feierlich-dörfliche Angelegenheit, wenn die Dorfjugend bei kristallklarer Nacht und knirschendem Schnee singend von einem Dorfende zum anderen und zurück zog. Überall standen am Abend die Dorfbewohner an den Straßenfenstern ihrer Häuser und schauten und hörten den «Sternensingern» zu.

Die Kreuzofener feierten Ostern, Pfingsten und Weihnachten bis zur Vertreibung im Januar 1945 den 1., 2. und Drittfeiertag. Die drei Feiertage wurden mit der Dreieinigkeit begründet.

Am Heiligabend, als ich ein wenig älter war, bin ich am Morgen des 24. Dezember mit einem Beil in den nahen Wald gegangen, um einen gleichmäßig gewachsenen, etwa 2 Meter hohen Tannenbaum (Fichte) zu holen. Er mußte vom Fußboden bis zur Zimmerdecke reichen.

Anschließend habe ich die Fichte, nachdem meine Mutter sie für gut befunden hatte, im Holzschauer (Stall) in einen großen Holzkreuzfuß geschlagen und in das «gute Wohnzimmer» gestellt. Das Schmücken des Weihnachtsbaumes war Mutters Angelegenheit. Um ca. 16 Uhr begann die Bescherung. Draußen und im Haus herrschte eine große Stille. Es war kein Laut zu vernehmen. Das «Wunder von Bethlehem» stand bevor.

Plötzlich läutete Vater die Weihnachtsglocke. Es war soweit! Kerzenschein und Tannenduft erfüllten das Haus. Ergriffen schauten wir auf den festlich geschmückten Baum. Jeder von uns Kindern sagte sein Gedicht auf. Dann durften wir unter den Weihnachtsbaum, wo für jeden von uns Geschenke und «Bunte Teller» lagen.

Falls ein junger Mann zur Verfügung stand, kam zu uns der Weihnachtsmann. Er trug einen umgekehrten Pelz mit roter Pelzmütze, einen langen weißen Bart, einen Jutesack und eine Rute. Er klopfte polternd an. Dann ließ er sich einzeln die Weihnachtsgedichte aufsagen, fragte, ob alle Kinder artig gewesen seien, und übergab jedem einzelnen Kind nach dem Gedichtvortrag die Gaben. Oft mußte die Mutter wegen der Furcht vor dem Weihnachtsmann helfend und beschwichtigend eingreifen.

Im Kachelofen knackte das trockene Ofenholz. Seine grünen Kacheln strömten eine wunderbare, anheimelnde Wärme aus. Das ganze Haus war warm, still, dieser Welt entrückt, einfach ein Reich für sich!

Und wenn es der liebe Gott wollte, dann schneite es draußen. Das war nun die tiefste und schönste Erfüllung menschlichen Glücks, die die Natur uns schenken konnte. Der Himmel war uns hold und freundlich gesonnen in jener Weihnachtsnacht. Es kam uns allen wie ein Traum, wie ein Wunder vor. Die kindlich weihnachtliche Stimmung erfaßte auch die Eltern!

Nachdem wir uns mit den Geschenken vertraut gemacht

hatten, sangen wir gemeinsam am strahlenden Weihnachtsbaum einige Weihnachtslieder, bevor Vater aus der Familienbibel die Weihnachtsgeschichte vorlas. Frömmigkeit erfüllte unsere Herzen. Es herrschten im Haus Freude und Glückseligkeit!

Anschließend setzten wir uns in das andere Wohnzimmer zum Festessen an den schweren Eichentisch. Es gab Gänsebraten mit Backpflaumen und geschmorten Äpfeln.

Nach dem Weihnachtsessen versammelten wir uns alle wieder am wärmenden Kachelofen um den Weihnachtsbaum. Mutter nahm das Gesangbuch in die Hand und wir fünf Kinder sangen aus vollem Herzen Weihnachtslieder.

Das Weihnachtsgeschehen wurde damals von uns viel intensiver und inniger erlebt. Es erfüllte uns alle eine seligmachende Feierlichkeit. Es war das Gefühl der Liebe, der Wärme, der Geborgenheit, der Sicherheit und des Behütetseins. Weihnachten war für mich der Höhepunkt des Kindseins. Vom Weihnachtsfest ging ungeahnter Zauber aus. Es wurden so viele zu Herzen gehende Kirchenlieder gesungen.

Am 1. Weihnachtstag begann das Fest mit einem Gang zur 3 ½ km entfernt gelegenen Kirche nach Klein Kurwien, wo wir die Großeltern väterlicherseits begrüßten. Die Landwirte und Bauern fuhren beim hellen Klang ihrer Schlittenglocken, in Pelze und Decken gehüllt, durch den winterlichen Wald. Die vielen Schlittenglocken und Schellen klangen wie eine weihnachtliche Melodie, die durchdrungen wurde von dem tiefen Klang der beiden Kirchenglocken. Das alles gab dem tiefverschneiten Wald eine feierliche Note.

Nach dem Gottesdienst wünschten sich die Kirchgänger gegenseitig ein frohes und gesegnetes Weihnachtsfest und tauschten ihre Neuigkeiten aus.

Weihnachten besuchten sich die Nachbarn, saßen im «guten Wohnzimmer», plauderten und tranken ein Gläschen

Grog oder Bärenfang. Man feierte schließlich Weihnachten, das Fest der Familie und Freude!

Obgleich Silvester nicht zu den kirchlichen Festen gehört, muß es wegen der kulturellen Vielfalt dennoch in den Kreis der dörflichen Sitten und Gebräuche mit einbezogen werden.

Am Silvesterabend wurde ein Bursche als Bär verkleidet. Er trug ein Gewand aus Erbsenstroh. Das Erbsenstroh wurde ihm um den Körper gewickelt. Ein Bärenführer hielt ihn an einer Eisenkette und führte ihn von Haus zu Haus. Weitere Jugendliche spielten Mund- und Ziehharmonika sowie die Teufelsgeige. Der Bär mußte schwerfällig tanzen und brummen. Vor allen Dingen trieb er mit den jungen Mädchen des Dorfes seine Späße. Hatte er es auf ein Mädchen abgesehen, so hatte sie es schwer, sich aus seinen Tatzen zu befreien. Sie wurde tüchtig in den Arm genommen und geherzt und abgeküßt. Die den Bär begleitenden Jugendlichen sind mit Eßwaren, Schnaps und Geld belohnt worden. Die Geschenke haben sie später unter sich aufgeteilt.

In der Silvesternacht trieben die jungen Burschen noch weitere Späße. So hakten sie die Hof- und Gartentore aus und schleppten sie an eine andere Stelle des Ortes. Sie brachten es auch fertig, Teile des Ackerwagens aufs Dach zu tragen und dort zu befestigen. Unter anderem fand man auf seinem Schornstein ein Wagenrad und den Ackerwagen am oder auf dem Eis des Sees. Was dieser Brauch bedeutete oder was er bezwecken sollte, ist mir nicht bekannt. Er geht auf alle Fälle auf heidnische Überlieferungen zurück.

Der Brauch des morgend- und abendlichen «Sternensingens» in der Advents- und Weihnachtszeit sowie der Silvestertradition ist bei uns in Kreuzofen bis Januar 1945 beibehalten worden. Die Polen haben diese und andere Überlieferungen nicht fortgeführt, was ich außerordentlich bedauere!

Gisela v. Scotti

Der Weihnachtsstern

Als Christus einst geboren war,
erstrahlt ein helles Licht,
geht uns voran, gibt hell und klar
im Leben gute Sicht.

Für alle in der Dunkelheit
zünd du die Kerzen an,
sei selbst ein Licht in dieser Zeit
und geh damit voran.

Die Liebe, das ist unser Stern,
und damit leuchten wir,
verbreiten so das Licht des Herrn
auf Erden jetzt und hier.

Doch leicht erlöscht ein Licht im Wind
im Trubel unsrer Zeit,
Gott schenk uns Kraft, auf daß wir sind
zu neuem stets bereit.

Ingrid Gallus

Reden ist Silber, Schweigen ist ... Milch

24. Dezember 1946. Es half alles nichts: Auch dieser Tag begann mit dem Anziehen der verhaßten selbstgestrickten Wollstrümpfe, die an einem sogenannten Leibchen festgeknöpft

wurden. Sie kratzten abscheulich und es ging nie ohne Protest und Gemaule ab, und heute benahmen wir uns noch quengeliger und ungeduldiger als sonst. Wir, das waren mein Bruder – 7 1/2 Jahre – und ich – 6 Jahre alt. Doch auch bei meiner Mutter drohte der Geduldsfaden zu reißen. Sie war nämlich arg «im Streß». Es gab noch reichlich Arbeit, bis abends das Christkind kommen konnte! Sämtliche Betten mußten frisch bezogen werden – fünf an der Zahl; die große Zinkbadewanne auf zwei Hocker plaziert und Wasser in Töpfen heiß gemacht werden. Und dann begann das Badefest für die gesamte Familie! Ich begreife heute noch nicht, warum das eigentlich alles ausgerechnet am Heiligen Abend über die Bühne gehen mußte. Gab es doch ohnehin mit den «normalen» Vorbereitungen schon genügend Arbeit! Aber es gehörte nun mal zur Tradition des Weihnachtsabends, genau wie Kartoffelsalat, Wiener Würstchen, Schwarztee mit Rum, Pfefferkuchen und natürlich «Mohnsemmeln», eine Spezialität aus der Heimat meiner Eltern. Es nahm also auch heute alles seinen gewohnten Verlauf – und doch war diesmal etwas anders …

Wir wohnten damals in einem kleinen Marktflecken im Allgäu. Vor fast genau einem Jahr waren wir aus der nahen Kreisstadt hergezogen, weil mein Vater nach dem Krieg hier einen neuen Beruf als Polizist gefunden hatte. In dieser Eigenschaft sah er es gar nicht gerne, wenn seine Frau bei den Bauern Lebensmittel «hamstern» ging. Doch irgendwie mußte sie schließlich die Familie satt bekommen. Und alles brauchte auch ein Ehemann nicht zu wissen! Meine Mutter nahm mich deshalb mit geheimnisvoller Miene beiseite, drückte mir die große Einkaufstasche in die Hand, in der eine Einliterflasche lag. Sie war aus dunkelgrünem, dickem Glas mit einem Bügelverschluß wie bei einer Bierflasche und sorgsam in ein Tuch eingewickelt. Ich bekam im Flüsterton den

Auftrag, in den Nachbarort zu gehen. Die Frau Bürgermeister hätte für heute Milch für die bewußten Mohnsemmeln versprochen. Und die sollte ich nun holen. Beschwörend fügte meine Mutter hinzu, ich dürfe auf keinen Fall irgend jemandem verraten, was ich in der Tasche hätte! Unter gar keinen Umständen! Und ja nicht ausfragen lassen! Als Belohnung würde mir das Christkind heute abend etwas ganz, ganz Schönes bringen ...

Ach, ja – das Christkind! Da wollte ich natürlich ganz schnell wieder zu Hause sein. Beflügelt durch die Vorfreude hüpfte ich eilig samt meiner großen Tasche davon ...

Der Weg in den Nachbarort war nicht schwer zu finden. Es ging eigentlich immer der Nase nach, sofern man sie in die richtige Richtung hielt. Aber dafür sorgte schon der hohe Schneewall, der sich links und rechts der Straße auftürmte. Dick verschneit lag auch Bad Clevers, unser Badeweiher. Im Sommer hatte ich hier zusammen mit meinem Bruder ganz alleine schwimmen gelernt und war nicht wenig stolz darauf.

Inzwischen war das begeisterte Hüpfen längst in ein langsames Trotten übergegangen. Die Landstraße dehnte sich immerhin 3 Kilometer bis nach Z., und die Tasche mit der dicken Flasche zog schwer nach unten. Da fiel mein Blick auf die makellos weiße Schneedecke einer Wiese neben der Straße. Hier ließe sich doch ein feiner «Adler» fabrizieren! Ich ließ die Tasche mitten auf der Straße stehen und sprang mit einem Satz über den Schneewall in die weiße Pracht. Nun galt es, sich rückwärts fallen zu lassen, ohne die Schneefläche zu beschädigen. Danach mußte man die Arme gleichzeitig auf und ab bewegen, um so die «Adlerflügel» in den Schnee zu malen. Und nun kam der schwierigste Teil der Aktion, nämlich so aufzustehen, daß das kunstvolle Gebilde dabei nicht zerstört wurde. Da man sich dabei wohl oder übel erst einmal aufsetzen mußte, hatte der «Adler» für gewöhnlich ein ziemliches Loch im Bauch. Jetzt noch mit Schwung nach vorne überkippen ... Geschafft! Kritisch betrachtete ich mein Werk. Na, ja! Ein bißchen hatte ich wohl doch die Hand zu Hilfe genommen. Der Vogel hatte rechts einen «lahmen Flügel» ... Trotzdem war ich recht zufrieden mit meinem Werk, sprang auf die Straße zurück und pulte mir schleunigst die Schneeklümpchen aus den Strümpfen, bevor sie auf der nackten Haut zerlaufen konnten, und machte mich wieder auf den Weg.

Das Haus der Bürgermeisterin lag zum Glück gleich am Ortsanfang. Ein schmaler Steg führte über den Bach zur Haustüre, an der mich die Hausfrau schon in Empfang nahm. Während sie nun die Flasche mit Milch füllte, durfte ich mich in der gemütlichen Stube mit dem dicken grünen Kachelofen aufwärmen. Dann wurde die Flasche wieder sorgsam in das Tuch eingewickelt und in der Tasche verstaut. Auch ein paar rotbackige Äpfel wanderten dazu und eine ganz besondere Leckerei, ein Hutzel- oder Birnenbrot, schwäbisch «Biarazelta» genannt. Die Frau Bürgermeister war heute besonders freigebig. Das hatte allerdings zur Folge, daß ich samt der Tasche in die Knie ging, als ich sie nun in Empfang nahm! Ich mußte mich ganz auf eine Seite neigen, damit sie nicht auf der Erde schleifte, was die freundliche Geberin zu dem Ausruf veranlaßte: «Ja, mei, Föhl, warum hosch au dein Bruadr it mitbrocht?!?»

Ich weiß nicht, was meine Mutter damals bewogen hatte, ausgerechnet mich halbe Portion loszuschicken und nicht meinen Bruder. Er war doch um einiges größer als ich. Nun, sie wird ihre Gründe gehabt haben. Es war jetzt ohnehin nicht mehr zu ändern. Ich stapfte also tapfer drauflos, während die Frau Bürgermeister in der Haustüre stand und noch mehrfach ihr «O mei, o mei, Föhl ...!» vernehmen ließ.

Der Heimweg war leider genauso lang wie der Herweg; zusätzlich ging es nun ständig bergauf. Die Tasche war reichlich schwer. Alle paar Meter mußte ich stehenbleiben und die Seite wechseln. Manchmal versuchte ich es ein paar Schritte mit beiden Händen. Aber da schlug mir die Tasche gegen die Schienbeine. Ich plagte mich sehr.

Plötzlich war eine Frau neben mir und sprach mich freundlich an: «Ja Kind, was trägst du denn da so Schweres in deiner Tasche?» In mir schrillte sofort eine Alarmglocke: Vorsicht! Nicht ausfragen lassen! Sonst ist die Milch weg und das Christkind bringt mir womöglich nicht das «ganz, ganz Schöne», wovon die Mutti verheißungsvoll gesprochen hat! Also schaute ich stumm geradeaus und stapfte weiter. Doch die Frau hatte wohl Mitleid mit mir und bot sich an, beim Tragen zu helfen. Schon war die Tasche in ihrer Hand. In panischer Angst um meine Schätze und das Gelingen meines Auftrags klammerte ich mich wenigstens an einem Henkel fest. Vor lauter Angst und Aufregung begann ich zu schwitzen, trotz der Kälte. Stumm wie ein Fisch stolperte ich nebenher und anwortete vorsichtshalber auf keine der aufmunternd gemeinten Fragen. Reden ist Silber, Schweigen ist Gold, sagte meine Oma oft. Doch in diesem speziellen Fall war Schweigen etwas viel, viel Wertvolleres – nämlich Milch!

Nach mehreren vergeblichen Anläufen, mich zum Sprechen zu bringen, gab meine Samariterin schließlich ihre fruchtlosen Bemühungen auf. Sie mag froh gewesen sein, als sich am Dorfanfang unsere Wege trennten. Aber auch ich atmete erleichtert auf. Ich hatte mir das Geheimnis der Tasche nicht entlocken lassen! Das Christkind, das ja bekanntlich alles wußte, würde mich bestimmt dafür belohnen …

Todmüde und mit schmerzenden Armen kam ich zu Hause an und wehrte mich nicht einmal gegen den ansonsten ungeliebten Mittagsschlaf.

Abends strahlte ich dann mit den Lichtern des Weihnachtsbaumes um die Wette! Ich hatte wirklich etwas ganz, ganz

Schönes bekommen – ein richtiges Puppenbettchen mit weiß gestrichenen Gitterstäben! Und darin lag eine Puppe! Sie hatte einen Holzkopf und Haare aus Flachs, die etwas streng rochen; aber ich liebte sie sehr. Meine Mutter meinte, sie hieße «Vroni». Und so sah sie eigentlich auch aus. Den ganzen Abend war ich nun damit beschäftigt, «Vroni» schlafen zu legen und wieder aufzuwecken. Ich brauchte dazu noch nicht einmal den «Laternenanzünder», den der «Kleine Prinz» auf seiner Reise zum Planet Erde getroffen hatte ... Vergessen waren Angst und Mühe. Und natürlich schmeckten die Mohnsemmeln, die mit der von mir so tapfer verteidigten Milch zubereitet waren, besonders lecker.

Rolf Leptien

Monja

Noch stand über Sylt die Sonne, jedoch braute sich über dem offenen Meer etwas zusammen. Dunkle Wolken zogen heran, darunter ein unwirkliches Licht. Weihnachten auf Sylt. Viele Menschen kommen zu dieser Zeit auf die Insel, alle sind ausgelassen und fröhlich, nur Monja nicht. Noch war Ebbe, der Strand menschenleer, Monja stand an eine Buhne gelehnt, klein und zierlich. Selbst der aufkommende Sturm schaffte es nicht, ihren roten Wuschelkopf durcheinanderzubringen. Sie war eigentlich zu leicht angezogen, zu leicht für das rauhe Klima, aber sie merkte nicht, daß sie fror. Ihr leerer Blick wanderte zu zwei kleinen grauen Vögeln, Sanderlinge, die emsig hin und her liefen, hier und dort in den Boden pickten, oder vor einer ankommenden Welle davonliefen. Sie trippelten blitzschnell durch den Sand, jedem Beobachter hätten sie ein Lächeln entlockt, nur Monja nicht. Nun wandert ihr Blick über das Meer, sehnsuchtsvoll – weit, weit dahinten liegt Schottland. Sie überlegt: Werde ich es je wiedersehen? Meine Eltern, meine Brüder? Die Diagnose des Arztes war niederschmetternd gewesen, jedoch hatte sie die Operation soweit gut überstanden, aber die Nachwirkungen von der Chemotherapie spürte sie noch. Sie fühlte sich elend, Zweifel nagten immer wieder in ihr. Werde ich je wieder gesund? Es hat doch alles keinen Sinn mehr, nie mehr wird es ein Morgen für mich geben. Wie unter Zwang starrte sie ins Wasser. Die Flut war bereits am Auflaufen, tief in Gedanken versunken spürte sie kaum, daß das kalte Wasser bereits ihre Füße umspülte. Die nächste größere Welle würde in ihre Gummistiefel schwappen.

«Hey Lady, sie erkälten sich.» Sie erschrak. Auf der gegenüberliegenden Seite der Buhne lehnte ein Mann, die Ellenbogen aufgestützt. Verwirrt sah sie ihn an. «Verzeihung, war in Gedanken.» Er lächelte sie an: «Wollen wir was Heißes trinken geh'n?» Sie zögerte, wußte nicht, was sie sagen sollte. Sachte nickte sie mit dem Kopf, fast willenlos. Er nahm seinen dicken, rot-schwarz gestreiften Wollschal ab und legte ihr den um. Er erhaschte einen dankbaren Blick. Sie stapften gemeinsam durch den Sand, kletterten die hohe Holztreppe hinauf und gingen auf dem Holzsteg durch die Dünen, bis hin zum Parkplatz. Er hielt ihr die Tür auf, mit einem verwunderten Blick stieg sie ein, schon saß er neben ihr, startete die Limousine und schon rollten sie auf die Hauptstraße. Sie kuschelte sich in den Sitz und so fuhren sie schweigend dahin, nur das leise Summen des Motors war zu hören. Nun führte die Straße durch eine heidebewachsene Dünenlandschaft. «Das ist ja fast wie die Highlands in meiner Heimat», sagte sie leise. Er sah sie von der Seite an, hielt ihr die Hand hin. «Ich heiße Momme.» Zögernd schlug sie ein. «Monja.» – Nach einer Weile: «Momme, was ist das für ein Name?» Er sah ihr ins Gesicht. «Bin Friese, habe ein paar Tage Heimaturlaub.» Eine Weile sagte sie nichts, sie beobachtete ihn. Daß er sie um Längen überragte, hatte sie beim Laufen so nebenbei registriert. Er sah nicht unsympathisch aus, ein graumelierter Bart und graue Haare, sein Gesicht strahlte Ruhe aus, die blauen Augen fast Güte. Er war um einiges älter als sie, sie fragte: «Wo kommst du jetzt her?» – «Bin direkt vom Himmel gefallen.» – «Bist du etwa mit dem Flugzeug gekommen?» Auf seinem Gesicht zeigte sich der Anflug eines Lächelns, bedächtig nickte er. Nun bog er ein in einen Parkplatz, nahe an der Straße, dann spazierten sie durch die Dünen bis zu einer Holzhütte am Strand. Drinnen war es gemütlich, eine wohlige Wärme umfing die beiden. Sie suchten sich einen Platz am Fenster. Der Wind hatte aufgefrischt, die Wellen peitschten weit den Strand hinauf. Sie bestellten Glühwein. «Du bist Schottin?» Sie schwieg eine Weile nachdenklich. «Eigentlich ja, ich lebe aber schon lange in Deutschland, habe mich hier immer wohl gefühlt, aber jetzt wäre ich so gern wieder in Schottland.» – «Was machst du hier auf Sylt?» Sie schwieg, trank schweigend ihren Glühwein. Doch plötzlich sprudelte es aus ihr heraus, sie erzählte von der Klinik, von ihrer Krankheit, nach einer Weile hielt sie erschöpft inne. Sachte nahm er ihre Hand und hielt sie, sie spürte plötzlich eine selige Wärme in sich aufsteigen. «Ich glaube, wir müssen so langsam zurück», sagte er und ließ ihre Hand los, stand auf und nickte der vorbeikommenden Kellnerin zu. «Mußt du nicht zahlen?» – «Ist schon o. k.» Schweigend gingen sie zum Auto, schweigend fuhren sie zurück. Vor der Klinik angekommen, fragte er sie, ob sie sich morgen wieder treffen wollten, zu einem Spaziergang am Strand. Noch zögerte sie, doch dann nickte sie ihm zu, stieg schnell aus, noch ein kurzer Blick nach hinten, dann verschwand sie hinter dem Tor.

Mit einem Lächeln stieg sie die Treppe hinunter, er stand

unten und wartete schon auf sie. Nun gingen sie zum Wasser hinunter und wanderten am Flutsaum entlang. Hier lag so alles, was das Meer angespült hatte. Interessiert sah er nach unten. Nach einer geraumen Weile fragte sie: «Wonach schaust du?» Mit einem lächelnden Seitenblick antwortete er: «Nach allem was hier liegt, ich weiß nicht, bin immer auf der Suche nach irgendwas. Schau, eine Messermuschel, sie ist mal von Südamerika in die Nordsee gewandert und nun häufig hier zu finden. Dort die schwarze Eihülle von einem Rochen. Sieh dir das Gebilde an, es sind Eihüllen von einer Wellhornschnecke. Hier eine Herzmuschel, die gibt es in allen Farben, blau, gelb, weiß, schau, wie filigran ihre Konturen sind. Da die Schale einer Miesmuschel, und das da war mal eine Auster.» Er bückt sich, hebt ein braunes Etwas auf. «Siehst du, was das ist, schau genau hin, es ist ein versteinertes Holzstück, mit einem kleinen Astloch. Sieh, dort eine Lachmöwe, und da laufen zwei kleine Sanderlinge. Der große braune Vogel, der dort schreit, ist eine Raubmöwe, der schwarze Vogel mit dem roten Schnabel ist ein Austernfischer.» Verwundert sieht sie ihn an. «Woher weißt du so was alles?» Er zuckte mit den Schultern. Schweigend gingen sie nebeneinander her, plötzlich sagte sie: «Komisch, ich habe auf all das nie geachtet, alles war eben da, eine Muschel war für mich eine Muschel, aber erst jetzt sehe ich, wie schön sie ist.» Sein stilles Lächeln sah sie nicht. Langsam liefen sie weiter, alles wußte er zu benennen, egal welcher Vogel zu sehen war, oder welche Art Seetang hier lag, oder welche Muschel dort. Sie hatte die Zeit vergessen, plötzlich wurde ihr bewußt, wie weit sie schon gelaufen waren. Sie hielt ihn am Arm zurück, konnte nicht mehr weiter. Sie verharrten einen Augenblick, schauten über das Meer, den Möwen hinterher. Hinter ihnen leuchtete das rote Kliff in der Nachmittagssonne. Dann nahm er sie sachte am Arm und führte sie zu einem Aufgang am Ende des Kliffs. Oben angekommen sah sie einen großen Parkplatz, einsam stand dort die schwarze Limousine. Verwundert fragte sie, wie sie hierher komme. Er erklärte, er hätte sie bereits am Vorabend hier abgestellt. Sie schüttelte den Kopf und nahm es hin. Im Wagen sagte er wie selbstverständlich, daß sie sich am nächsten Morgen wieder treffen wollen, aber er müsse mittags den Autozug zum Festland erreichen.

Über dem Watt ging rot die Sonne auf, als sie sich trafen, sie hatte schnell etwas gefrühstückt und konnte die Zeit nicht mehr abwarten. Sie wußte eigentlich nicht warum, aber in seiner Nähe war sie glücklich. Es war ihr, als würden sie sich schon unendlich lange kennen. Sie dachte, eigentlich spricht er nicht viel, aber was er sagt, hat immer irgendeine Bedeutung. So gingen sie wieder am Flutsaum entlang, er bückte sich, hob etwas auf und legte es ihr in die Hand. Erbsengroß und golden schimmernd, ein Bernstein. Sie staunte und hüpfte vor Freude. «Ich will auch einen finden», rief sie, den Bernstein in der Hand wiegend. Er sagte, sie solle nur suchen, sie werde schon einen finden. «Wenn du einen siehst, wirst du ihn erkennen, er leuchtet von innen heraus.» Gespannt schaute sie auf den Boden, suchte und suchte. Er ging etwas voraus, sie sah nicht, wie er einen Stein aus seiner Tasche zog, fast so groß wie ein Taubenei. Heimlich ließ er ihn in den feuchten Sand fallen. So lag er da, erstrahlte rotgolden im Sonnenschein. Sie tat einen Schrei des Entzückens und hob ihn auf, tanzte hin und her, den Stein in der Hand schwenkend. Mit gespieltem Erstaunen ließ er sich den Stein zeigen, erklärte ihr, es ginge eine geheimnisvolle Kraft von so einem Stein aus. Schon im Altertum wäre er als Heilstein verwendet worden. Sie müsse ihn immer bei sich tragen und wenn sie etwas quäle, den Stein fest in die Hand nehmen, er werde ihr immer Kraft geben. Etwas irritiert sah sie ihn an, umschloß ganz langsam den Stein mit der Hand. Er fühlte sich angenehm warm an. Sie hielt ihn immer noch in der Hand, als er plötzlich sagte: «Ich muß jetzt fahren, meine Zeit ist vorbei.» Sie gingen zu seinem Wagen, er nahm sie in den Arm und hauchte ihr einen Kuß auf die Wange. Einen langen Augenblick hielt sie ihn ganz fest, so als wolle sie ihn nie mehr loslassen. Sie flüsterte: «Ich glaube, der Himmel hat dich geschickt, das Leben ist mit einemmal so schön für mich geworden.» Er löste sich behutsam von ihr, sagte lächelnd: «Vielleicht hast du recht und ich sollte nur ein verirrtes Schäfchen auf den richtigen Weg zurückbringen.» Sie schaute ihn mit großen fragenden Augen an, eine kurze Weile, dann fragte sie schnell: «Wirst du mir schreiben?» Er stieg ein und rief ihr zu: «Ich werde manchmal bei dir sein.» – ? – «Aber – wie denn – meine Adresse?» Doch der Wagen rollte schon. Wie durch einen Nebel sah sie die schwarze Limousine die Straße entlanggleiten, in Richtung Bahnhof. Sie wischte sich über die Augen, starrte auf die Straße, aber der Wagen war verschwunden. Sie fühlte plötzlich den Bernstein in ihrer Hand und drückte ihn fest an die Brust, ihr Blick wanderte in den Himmel. Über ihr segelte im Himmelsblau ein weißer Vogel, ein Sturmvogel – oder hatte er gesagt eine Silbermöwe? Ihr kam in den Sinn: Morgen werde ich ein Buch kaufen und nachschauen. Sie stutzte, lächelte plötzlich vor sich hin – ich habe gedacht: Morgen!

Siegfried Ketschker

«Unser Kantor» oder Adventsfeier

In meinem Heimatort in Schlesien, nur 14 Kilometer von der damaligen Grenze zu Polen gelegen, brachte der Kriegsbeginn am 1. September 1939 allerhand Veränderungen mit sich. Über Nacht wurde unsere schöne, neuerbaute Volksschule Hilfslazarett und die Klassen mußten in andere Gebäude aufgeteilt werden. Unsere Klasse kam in die katholische Schule, gleich neben der katholischen Kirche. Und unser neuer Klassenlehrer wurde Kantor Dziekan, ein Lehrer, der die Herzen der Schüler im Fluge eroberte. Und das kam so. Herr Dziekan, der nicht nur am Vormittag unsere Klasse unterrichtete, fuhr am Nachmittag in ein kleines Dorf mit dem Fahrrad, um die Dorfkinder zu unterrichten. Einmal in der Woche dachte er sich für uns etwas ganz Besonderes für die Rückfahrt aus. Er sagte uns: «Wer in der Woche zu den besten Schülern zählt, der kann mich bei der Rückfahrt von Kasawe nach Militsch begleiten – er wird dabei allerlei Wissenswertes erfahren.» Und tatsächlich, jeder wollte der Beste sein und mit unserem Kantor die nähere Heimat kennenlernen. Er erläuterte uns die Bäume, als wir den Wald durchfuhren, und bald erkannten wir am Gesang die Namen der vielen Waldvögel. Rast wurde am Ufer der Bartsch gemacht, und am Wehr bei Sulau badeten wir und erfuhren, daß man nicht zu den Seerosen schwimmen sollte, denn die langen Stiele der bunten Seerosen wurden schon manchem Schwimmer zum Verhängnis. Und so wurden diese Ausfahrten bei allen so begehrt, daß die Noten besser wurden, um dabei zu sein.

Eines Tages, wenige Wochen vor Weihnachten, sagte mir meine Mutter, daß soeben Schüler meiner Klasse angerufen hätten, daß am Nachmittag bei unserem Kantor eine kleine Adventsfeier stattfindet, nur die besten Schüler seien eingeladen und ich möchte pünktlich sein. Ich zog mir die Sonntagssachen an, um pünktlich bei der Familie Dziekan zu sein. Er wohnte in der ersten Etage über den Klassenzimmern, und mir klopfte das Herz als ich auf den Klingelknopf drückte. Seine Tochter öffnete und war ganz erstaunt, als sie hörte, daß ich zur Adventsfeier wollte. «Ich rufe meinen Vati ...» Und der wußte auch nichts von einer Feier. Er schmunzelte und sagte: «Da haben dich deine Freunde ganz schön reingelegt, aber jetzt legen wir diese Lügner rein, denn ich wollte heute sowieso für den Weihnachtsabend mit meiner Familie einige alte Weihnachtslieder proben. Und Punsch und Pfefferkuchen ist auch da ...»

Und da er die Missetäter in der Nähe vermutete, zog er die Vorhänge auf, zündete die vier Kerzen des Adventssternes an und schaltete das Licht des Herrnhuter Adventssterns an, der jedes Jahr zur Weihnachtszeit im Kantorhaus eine anheimelnde Stimmung verbreitete. Und dann erklangen mit Klavierbegleitung die alten Weihnachtslieder von der «Stillen Nacht» und den Glocken, die süßer nie klingen als zu der Weihnachtszeit. Es war schon dunkle Nacht, als ich mich von der Kantorfamilie verabschiedete und durch das leichte Schneetreiben auf den Heimweg machte. Dabei glaubte ich unweit der Kirche aus den Büschen Gelächter zu hören ...

Am nächsten Tage fragten mich die vermuteten Missetäter: «Na, wie war's gestern bei der Adventsfeier?» – «Sehr schön», antwortete ich, und ich erzählte von den Liedern und dem hausgebackenen Pfefferkuchen der Frau Kantor. Dabei lief ihnen das Wasser im Munde zusammen. Als dann Kantor Dziekan ins Klassenzimmer kam und mir dankte, daß ich zu der Adventsfeier gekommen bin, zweifelten die «Erfinder» der Feier wohl selbst daran, ob die Feier nur ein Streich von ihnen war oder tatsächlich stattfand.

Noch Jahre danach erzählten wir uns die Geschichte und lachten herzlich darüber. Doch von unserem Kantor, der 1945 im kalten Januar unsere kleine Stadt mit Trecks verlassen mußte, und der bei seinen Schülern so beliebt war, hörte ich nichts mehr, denn mit siebzehn Jahren mußte ich zum Arbeitsdienst und später zur Wehrmacht, wo ich an Oder und Neiße noch die schrecklichsten Tage des Zweiten Weltkriegs erleben mußte, viele meiner Schulfreunde, auch einige der «Erfinder» der Adventsfeier, kamen nicht mehr aus dem Krieg zurück ...

Charlotte Schmidt

In dunkler Nacht

Das Inferno des Zweiten Weltkriegs war endlich zu Ende. Wir lebten jetzt in der schlechten Nachkriegszeit. Die Lebensmittelversorgung war noch rationiert und minimal. Die Bevölkerung mußte arg Hunger leidern. Ein einzelner Vergleich: Für einen Monat gab es pro Person 62,5 g Fett, und wer sich zusätzlich irgendwie etwas ergattern konnte, schätzte sich glücklich.

So hatte auch unsere Mutter vier oder fünf Gänse großgezogen und achtete auf diese wie auf einen Goldschatz. Nicht etwa, daß wir die Gänse selber aufessen durften! Nein, dieselben wurden eingetauscht in Mehl, Zucker, Öl, Kartoffeln und was man eben sonst noch zusätzlich Eßbares dafür auftreiben konnte. Tagsüber waren die Gänse unweit von unserer Behausung in unserem umzäunten Garten und konnten dort ihr Futter beim Grasrupfen finden. Ich sage Behausung, da all unsere Habe bei einer Bombennacht im März 1944 in Schutt und Asche fiel. Unser Vater hatte in und aus den Trümmern mit nachbarschaftlicher Hilfe eine kleine Notbehausung für uns gebaut. Auch wir mußten alle kräftig mit anpacken. Danach wurde er plötzlich krank, und da nicht rechtzeitig ein Arzt aufzufinden war, starb er. Es war eine schlimme Zeit für uns.

Nun wieder zu unseren Gänsen, die tagsüber in unserem Obstgarten waren. Zur Nacht wurden sie in unser Ruinengrundstück geholt, wo sie unter einer Staffel, die nicht eingestürzt war, ihren Unterschlupf als Stall fanden. Oft stand unsere Mutter in dunkler Nacht am Fenster und lauschte zu den Gänsen hinüber, ob sie auch unbeschadet blieben.

Es war in den Wochen vor Weihnachten, da weckte uns unsere Mutter aufgeregt mit dem Ruf: «Jetzt haben sie gerade unsere Gänse gestohlen!» Sie hatte gehört, wie sich etwas Geräuschvolles von unserem Grundstück entfernte, und auch wir konnten noch ein leises Rattern vernehmen. Meine beiden älteren Schwestern sprangen aus den Betten und in ihre Kleider hinein und rannten dem sich schon entfernenden Geräusch nach. Sei's nun, daß die Jüngere von den beiden schneller rennen konnte oder sie mehr Courage hatte, sie hatte schnell das Objekt erreicht. Im selben Augenblick drehten sich zwei Leute um und sagten: «Was ist los? Was wollen Sie denn?»

Mit einem Blick hatte meine Schwester die Situation erfaßt: ein Handleiterwägelchen, beladen mit Reisegepäck. Sie drehte sich auf dem Absatz um und rannte nun ihrerseits davon, meiner anderen Schwester entgegen. Diese fragte: «Was ist?» Worauf die jüngere Schwester entgegnete: «Lauter Gepäck, Koffer und Taschen.»

Als beide zurückkamen, schimpften sie mit der Mutter: «Du machst uns noch ganz verrückt mit deinem Argwohn.» Die Gänse waren wohlbehalten in ihrem Stall, und zum guten Schluß gab es ein großes Gelächter.

Wahrscheinlich ist es so, daß die beiden Reisenden oft noch erzählten, wie man ihnen ihr Gepäck klauen wollte, als sie in dunkler Nacht auf dem Weg zur Bahnstation waren.

Ferdinand Keutmann

Ein Sternengruß *Hale Bopp*

Als ein Himmelsgruß auf jeden Fall
besuchte uns im April 97 der Komet aus dem All,
ein Künder der Unendlichkeit,
die unbegreifbar in Raum und Zeit!

Gelenkt nach des Schöpfers urewigem Plan
zieht er in der Unfaßbarkeit seine Bahn.
Als ein Zeichen für uns aus des Himmels Höh'n
Künder vom Leben und vom Vergeh'n!

An jedem Abend spähte ich nach ihm aus,
holte das Fernglas mir heraus –
fand ihn – sofern der Himmel klar –
am gewohnten Punkt sogleich sogar!

Habe durch ihn manchmal in der Nacht
über ihn und Gottes Allmacht nachgedacht.
Möchte einst auch – nach meiner Erdenreise –
in des Schöpfers Himmel eilen!

Er geleitete einen Freund auf letzten Erdentagen,
konnte Hale Bopp wohl Trost ihm sagen?
Als Hoffnungsbringer,

Künder des Herrgotts Herrlichkeit –
hell leuchtender Bote der Unendlichkeit!

Schwerlich man alles um ihn begreift,
wie er sichtbar war, mit hellem Schweif –
zeigt uns vielleicht einst den Weg, wie ehedem
doch auch der Stern von Bethlehem!

Still und ergriffen falte ich meine Hände,
wünsche seine Führung mir am Ende.
Habe Grund zum Lobpreis und zur Dankbarkeit,
dem Herrn in der ewigen Heimat –
dort, jenseits von faßbarem Raum und Zeit!

Ingrid Schweinebart

In Rußland

Kriegsgefangener Karl-Heinz Rogalski
im Lager 7399 «A» SSSR
783 km südöstlich von Moskau.

Weihnachten 1948.

Es ist in diesem Jahr geruhsamer und angenehmer, besser als die drei vorhergegangenen Jahre. Unten im Speiseraum steht ein großer Tannenbaum, liebevoll geschmückt im Glanz vieler schimmernder Kerzen. Wir sammeln uns um ihn und betrachten jedes Flämmchen als ein Hoffnungsfünkchen.

Ja, die Hoffnung. Sie ist wohl das einzige, was uns verbleibt, was man uns nicht nehmen kann. Die Hoffnung, eines Tages selbst wieder unter den Lieben zu Hause zu weilen, unbewacht, frei und Herr eigener Entschlüsse. Der angenehme

Geruch angebrannter Tannenzweige dringt uns in die Nase. Erinnerungen werden wach. Sie beflügeln unsere Gedanken und tragen sie weit über Stacheldraht und Grenzen in die ferne Heimat.

Weihnacht!

Selbst die größten Schwätzer und unangenehmen Rabauken hängen ihren Gedanken nach, und bei dem Weihnachtslied «Stille Nacht, heilige Nacht», gesungen aus 120 Kehlen deutscher Kriegsgefangener, da blieb kein Auge trocken. Hier und da hat man die noch geretteten Fotos der Angehörigen an einen Pritschenpfahl genagelt und die Bilder liebevoll mit Tannenzweigen geschmückt. Da sitzen wir nun, traurig ins uns versunken. Noch ein oder zwei Weihnachtslieder haben wir gesungen oder gesummt. Der eine oder andere hat geflucht, aber er ist auch still geworden. Was nützt das alles?

Doch plötzlich fällt einer wie ein nasser Lappen zusammen. «Frohes Fest!» schreit er und fängt laut zu weinen an; es war zum Herzerweichen!

Mein alter Freund Gustav Tscherner und ich schauen uns groß an, es ist die Wehmut, an solch einem Tag, am Heiligen Abend.

Wir beide hauen uns auf unsere Pritschen. Die meisten in unserem Erdbunker liegen still auf dem Rücken und starren voller wehmütiger Gedanken an die Decke; Gustav und mir geht es nicht anders. Auch unsere Gedanken sind weit fort, in Deutschland bei den Lieben zu Haus, bei den Eltern und Geschwistern. Wie mag es dort sein?

Ich rieche sogar den Duft der Süßigkeiten, sehe vor mir die liebevoll gemachten Weihnachtsteller. Mein Gott, war das eine schöne Zeit! Und wie lange liegt das schon zurück!

Gustav liegt schweigsam neben mir. Wir haben uns beide ein neues Hemd angezogen, das wir eigens für diesen Tag in der Schneiderei anfertigen ließen.

Als es dunkelt, stecken wir die selbstgefertigten Kerzen an. Auf den Pritschen um uns herum leuchtet es ebenfalls auf. Nur wenige schließen sich aus. Ich sehe mich nach den anderen um. Dort, eine Pritsche weiter – Heini Drees aus Bremen mit seinem Kumpel aus Berlin – Fritze Küsche. Was für Gedanken mögen sie haben?

Eine kleine Überraschung habe ich noch für meinen alten Freund und Kumpel Gustav. Verstohlen greife ich unters Kopfkissen und hole ein hölzernes Zigarettenetui hervor. Ich ließ es heimlich anfertigen von unserem Herrgottschnitzer Sepp Scheitle aus Oberbayern. Auf dem Deckel des Etuis – ein hineingeschnitzter, hinter Stacheldraht sitzender Vogel, darunter: Weihnachten 1948. Ich stelle es neben die Lichter, ganz behutsam, und rufe dann plötzlich: «Mensch, Gustav, der Weihnachtsmann war da!»

Gustav fährt aus seinem Dahindösen auf. «Was ist denn los?»

Als er das Etui entdeckt, fängt sein Kinn verdächtig an zu zucken. Er würgt etwas, bekommt aber kein klares Wort heraus. Mein Gott, so freut er sich?

Herzlich drückt er meine Hände und weist mit dem Kopf zum Ablegebrett über unseren Köpfen. «Kuck mal nach oben, Heinzi!» sagte er. «Ich glaube, bei dir auch.»

Ein kleines hölzernes Kästchen mit aufklappbarem Deckel, darin ein silberner Siegelring mit den Buchstaben HR. Gustav hatte den Ring selber mit primitivsten Mitteln aus Kopekengeld hergestellt. Solche Minuten der Freude sind selten im Leben. Dieses Weihnachtsfest werde ich nie im Leben vergessen. Wie Kinder freuten wir uns. Es ist schön, daß keiner den anderen vergessen hat. Das neue Jahr hatte begonnen, das Jahr 1949. Es wurde noch ein Jahr in der Kriegsgefangenschaft mit Entbehrungen in Eis und Schnee, mit Kälte bis zu 30 und auch 40 Grad Celsius. Bei unserer täglichen Ration: 600 g

Brot, dreimal Kohl- oder Kartoffelsuppe, 1 Eßlöffel Zucker und 10 g Tabak.

Am 11. 12. 1949 dann war es endlich soweit. In Waggons verfrachtet, ging es Richtung Heimat. Mein alter Freund Gustav verabschiedete sich von mir in Leipzig, er blieb in der DDR und fuhr mit dem Zug weiter nach Alt Ruzzin und ich weiter nach Westfalen in meine Heimat Bönen.

Reinhold Nisch

Weihnachten der Kindheit

Zimtsterne,
Nüsse,
auch
ein Holzpferdchen
umgrenzten
ein Tannenbäumchen
behängt mit
Kugeln und Lametta.
Impressionen von einst
entschwinden,
verschwinden
hinter dem chemisch-
grün zusammengesetzten
Baum der Jetztzeit.
Am 6. Januar,
eingepackt fürs
nächste Frohfest,
kann er in der
Kommode dahindämmern.

Er kehrt bald wieder,
aber nicht
die Impressionen von einst.

Emmi Elser-Stump

Em Kaufme sis Chrischtbäumli

Unser Dorforiginal war einfach «de Kaufme». Alle Dorfbewohner brachten ihm ihre Schuhe zur Reparatur. Diese Arbeit wurde von ihm auch gut erledigt, schließlich war er gelernter Schuhmacher. Nur konnte es leider vorkommen, daß sich im großen Haufen Schuhe, die mitten auf dem Stubenboden lagen, die zusammengehörenden nicht mehr finden ließen. Manchmal sah man ihn später im Dorf mit zwei verschiedenen Schuhen an den Füßen. «De Kaufme» war klein gewachsen, leicht bucklig, schwerhörig und sah verwahrlost aus mit seinem struppigen Bart, dem zerrissenen Hemd und den schmutzigen Hosen. Aber er war vollkommen harmlos und tat weder Mensch noch Tier etwas zuleide. Er gehörte einfach zu unserem Alltag. Das Wasser für den täglichen Bedarf – eine bescheidene Menge – holte er mit einem Kessel am Dorfbrunnen. Was ihn für uns Kinder besonders interessant machte, war die Erzählung unserer Eltern, daß er ursprünglich aus gutem Haus stamme und einen reichen, beruflich sehr erfolgreichen Bruder habe.

Sein großes Problem war der Alkohol. Vor allem dem Most sprach er gern und gut zu, auch einem Gläschen Schnaps war er absolut nicht abgeneigt. Bei uns schaute er oft vorbei. Unsere Großmutter meinte es gut mit ihm. Daß er sie achtete und gut mochte, spürten wir besonders an ihrem Geburtstag. Jedes Jahr an diesem Tag kam er vorbei, gratulierte ihr und las ihr ein selbstverfaßtes Gedicht vor, von dem wir jeweils ehrlich beeindruckt waren. Klar, daß er zur Belohnung mit einem Gläschen Träsch rechnete und es auch bekam!

Einmal – kurz vor Weihnachten – kam meine Schwester Heidi auf die Idee, «de Kaufme» müßte auch sein Christbäumchen haben. Großmutter stimmte zu, und der Vater brachte nebst unserem Christbaum aus dem Wald noch ein kleines Tännchen nach Hause. Dazu zimmerte er einen Ständer. Wir drei Mädchen polierten mit einem wollenen Lappen kleine, rotbackige Äpfel, bis sie prächtig glänzten, dann banden wir wollene Fäden an die Stiele. Allerliebst sah das kleine Bäumchen aus, nur mit roten Äpfelchen und Kerzen versehen.

Gegen Abend zogen wir Mädchen uns warm an und marschierten mit unserer jüngsten Schwester im Schlepptau zum Kaufme. Da er uns nicht klopfen hörte, traten wir einfach in die Stube.

«De Kaufme» saß gerade am Tisch und aß seine Suppe. Ebenfalls auf dem Tisch, ihm gegenüber, saß seine Katze. Beide waren mit der Suppe beschäftigt. Er löffelte, und die Katze läppelte die Suppe aus dem gleichen Teller. Vor Staunen blieb uns der Mund offen stehen, und beinahe vergaßen wir, unser Bäumchen zu überreichen.

Über unseren kleinen Weihnachtsbaum freute er sich wie ein Kind. Wie manches Mal mag er Weihnachten ohne jedes äußere Zeichen gefeiert haben? Außerdem, aber das ging mir erst Jahre später auf, braucht jeder Mensch Wärme und Zuneigung. Ihm wurde sie von seiner Katze zuteil. Und wieviel Sehnsucht, Gemüt und Wärme versteckte sich hinter seinem verstrubbelten, verwahrlosten Äußeren? Das wußten wir Kinder damals noch nicht. Aber etwas davon müssen wir gespürt haben, als wir in seine frohen, strahlenden Augen blickten. Auch für uns war in dieser kargen Stube Weihnachten geworden.

Sylvia Schönhof

Der Husumer Schutzengel

Ein letzter, prüfender Blick über den weihnachtlich gedeckten Kaffeetisch, es ist alles in Ordnung, nun können die «Kinder» kommen.

Draußen nieselt es, typisches Winterwetter im Rheinland. Hoffentlich ist im Norden kein Nebel, kein Stau auf der Autobahn. Hoffentlich kommen sie bald. Ich versuche, mich durch Zeitunglesen abzulenken, kann mich aber nicht konzentrieren, lausche immer nach der Klingel. Ich laufe durch die Wohnung, zupfe hier und da noch etwas zurecht, bis mein Mann brummt: «Sie werden schon kommen. Du tust ja gerade so, als ginge Inga noch an deiner Hand.»

Nein, an meiner Hand geht sie schon lange nicht mehr, aber sie wird doch immer mein Kind bleiben, auch wenn sie längst erwachsen ist. Dieses heiß ersehnte Kind, das nach langem Warten erst im zehnten Ehejahr geboren wurde. Fast wäre es noch ein Christkind geworden, ich hatte es mir so sehr gewünscht, aber dann kam Inga doch erst nach dem Weihnachtsfest. Als Kind meinte sie dazu immer, daß es so auch viel besser wäre, so bekäme sie zweimal und nicht nur Weihnachten Geschenke.

Ich nehme die mitten auf dem Kaffeetisch stehende kleine braune Tonfigur in die Hand und streiche mit den Fingern sacht über das blondgelockte Engelsköpfchen, das seitwärts mit geschlossenen Augen auf den verschränkten Armen ruht, die auf den angezogenen Knien liegen. Die großen grau-weißen Flügel bilden fast einen Halbkreis um den hockenden Engel – und mir ist so, als würde er mich auf wundersame Weise durch seine geschlossenen Augen ansehen.

Diesen wunderschönen Engel hatte mir Inga vor drei Jahren zu Weihnachten geschenkt und dazu gesagt, daß er nun fortan mein Schutzengel sein soll. «Wieso Schutzengel», fragte ich. «Na, du tüddelst immer so über die Straße, daß einem angst und bange wird», meinte sie. «Na hör mal», entgegnete ich, «ich passe doch auf, soo alt bin ich mit meinen 65 Jahren auch noch nicht.» – «Na, ich weiß nicht», murmelte sie, «es sieht immer so aus, als würdest du traumwandeln und dich auf die Aufmerksamkeit der Verkehrsteilnehmer verlassen.» – «Mit seinen geschlossenen Augen kann der Engel sowieso nicht auf mich aufpassen», bemerkte ich triumphierend. Mein Protest half aber nichts, Inga war fest davon überzeugt, daß ich einen Schutzengel brauche.

Und während ich die Engelsfigur wieder auf den Tisch zurückstelle, denke ich, wie schon so oft, an den Heiligen Abend vor zwei Jahren. Als ich damals am Vormittag den Kartoffelsalat fertigmachen wollte, stellte ich fest, daß ich vergessen hatte, die Mayonnaise zu kaufen. Heilig Abend gab es immer, schon bei meinen Eltern, am Abend Kartoffelsalat und Würstchen. Weihnachten ist irgendwie ein Fest der Familientraditionen und -rituale. Ich sagte also meinem Mann, der den Tannenbaum schmückte, daß ich noch schnell Mayonnaise kaufen müßte, und lief los.

Auf dem Rückweg war ich mitten auf der Fahrbahn über irgend etwas gestolpert, und beim Fallen sah ich einen Augenblick, daß mein «Schutzengel» zu Hause auf dem Bücherregal seine Augen weit geöffnet hatte. Das Autoquietschen hörte ich nicht mehr. Als ich nach der Schrecksekunde wieder zu mir kam, schaute ich in wasserhelle Augen, die mich besorgt ansahen. Ich erwartete nun unfreundliche Worte, aber als der Mann mir aufhalf, fragte er nur, ob ich mir wehgetan hätte. Nun erst merkte ich, daß mein linkes Knie schmerzte, das Knie, das vor ein paar Jahren operiert werden mußte, und bejahte seine Frage. Er bot mir an, mich nach Hause zu fahren, was ich dankbar annahm.

Was sucht ein «Neufundländer», denn das Autokennzeichen NF (Nordfriesland) kenne ich wohl, zur Weihnachtszeit in Bensberg, dachte ich auf der kurzen Fahrt. Mein Mann war tief erschrocken, als er uns beide vor sich sah. Der Mann stellte sich vor und bestand darauf, da er Arzt sei, sich mein Knie anzusehen. Es war zum Glück nur eine Prellung, und in unserer Hausapotheke gab es eine lindernde Salbe. Dr. Hansen verabschiedete sich schnell wieder, noch ehe ich etwas fragen konnte.

Es wurde dann doch noch ein wunderbarer Heiliger Abend, nachdem sich alle beruhigt hatten, auch Inga, die am späten Nachmittag aus Husum, wo sie seit vielen Jahren lebt, gekommen war. Es gab sogar, wie immer, Kartoffelsalat, denn das Mayonnaiseglas war heil geblieben.

Am zweiten Weihnachtsfeiertag rief Dr. Hansen an und erkundigte sich nach meinem Knie. Ich sagte ihm, daß es dank Salbe und kalten Umschlägen besserginge, und lud ihn spontan zum Kaffee ein, was er dankend annahm. Eigentlich liebe ich überhaupt keine spontanen Einladungen, mit denen mich zuweilen mein Mann überrascht, und verstand mich in dem Augenblick selber nicht.

Es wurde ein sehr schöner Nachmittag und der Beginn einer großen Liebe. Zuerst gab es viele Fragen, und es klärte sich auch, warum ein Nordfriese hier Weihnachten feiert. «Da ich Junggeselle bin und als solcher im Freundeskreis schon lange als Sonderling und Exot gelte», erklärte Dr. Hansen lachend, «wurde ich von einem Freund, den es hierher verschlagen hat, eingeladen. Heute allerdings besuchen er und seine Frau ihre Eltern, wo ich nicht stören wollte. Mein Anruf bei Ihnen vorhin war also nicht so ganz uneigennützig», gestand er schmunzelnd.

Die größte Überraschung allerdings war, als sich herausstellte, daß Dr. Hansen ebenfalls in Husum wohnte. «Und wir sind uns dort nie begegnet», wunderte sich Inga. «Na, so klein ist die ‹Graue Stadt am Meer› nun auch wieder nicht», entgegnete Dr. Hansen. «Grau ist sie aber heute ganz und gar nicht», warf ich ein, «ich finde sie bunt. Man sollte sich nur einmal den Wochenmarkt ansehen, der hat schon fast südliches Flair», schwärmte ich weiter. «Vielleicht war sie zu Storms Zeiten grau oder er hat sie so gesehen, obwohl er, als er viele Jahre außerhalb ihrer Mauern leben mußte, stets Heimweh nach Husum hatte.»

«Nun hast du ja zwei Husumer Schutzengel», beendete Inga meine Ausführungen, denn aus Erfahrung wußte sie, daß ich bei «meinem» Dichter Theodor Storm so bald kein Ende finden würde. «Wieso Schutzengel», fragte Dr. Hansen. «Na, einer sind Sie, da Sie freundlicherweise meine Mutti nicht überfahren haben», meinte Inga scherzhaft, «und», während sie die Tonfigur aus dem Regal nahm, «diese Engelsfigur aus Husum ist der zweite. Vielleicht hat er Sie rechtzeitig gewarnt, man kann ja nie wissen.»

Ein paar Wochen später erzählte Inga uns am Telefon, daß Dr. Hansen sie zum Essen eingeladen hatte und sie sich nun wohl öfter sehen werden.

Letzten Sommer haben die beiden geheiratet. Es war eine strahlend schöne, aber auch sehr bewegende Hochzeit. Alle seine Freunde, zum Teil noch aus der Schul- und Studienzeit, waren da, und auch Ingas Schulfreundinnen hatten sich aufgemacht in den hohen Norden. Nur seine Eltern konnten diesen Tag nicht mehr erleben. Sie waren vor ein paar Jahren bei einer Busrundreise tödlich verunglückt.

Ich weiß einfach nicht, ob das nun alles Zufall war oder doch Fügung.

Das Läuten beendet abrupt meinen Ausflug in die Vergangenheit. Ich springe auf wie elektrisiert und rufe auf dem Weg zur Tür meinem Mann zu: «Sie sind da, sie sind da!» Indem ich die Tür ganz weit aufmache und mir im nächsten Augenblick Inga um den Hals fällt, denke ich aufatmend und dankbar: Nun ist Weihnachten!

Renate Majer-Wunderlich

Erinnerungen

Wieder ist Weihnachtszeit. Noch drei Tage bis zum 24. Dezember 1996. Wir haben Schnee und es ist sehr kalt. Der Tannenbaum ist schon in der Garage, die Ente in der Truhe. Geschenke? Viel gibt es nicht.

Dieses Jahr haben wir noch ein Wochenende ohne Hektik und Streß. Da habe ich noch Zeit und Muße. Im Ofen brennt ein Feuer und verbreitet wohlige Wärme. Da gehen meine Gedanken zurück an die Weihnachten meiner Kindheit.

Im Kriegsjahr 1940 wurde ich in dem kleinen Städtchen Bartenstein in Hohenlohe-Franken geboren. Aufgewachsen bin ich mit meinen zwei jüngeren Brüdern auf dem auf einer kleinen Anhöhe gelegenen Hornungshof, außerhalb des Ortes, mit nur drei Nachbarn.

Die Winter der vierziger Jahre waren in meinen Erinnerungen sehr kalt mit viel Schnee. Es war eine schwere Zeit, doch richtige Not hatten wir nicht. Wir und unsere Nachbarkinder kannten keinen Neid, wir hatten alle nicht viel.

Der Winter war für uns immer eine ganz besondere Zeit. Die Arbeit auf dem Feld ruhte, also hatten die Eltern auch mehr Zeit für uns und wir mußten nicht immer helfen. Abends in der Wohnstube trafen sich die Eltern mit den Nachbarn. Da wurde etwas Heißes getrunken und Gebackenes genascht. Zu dieser Zeit lebten auf dem Nachbarhof viele Flüchtlinge. Die kamen alle zu meinen Eltern und haben sich ihren Kummer vom Herzen geredet.

Der Höhepunkt in dieser eisigen Zeit aber war Weihnachten. Die Mutter backte Plätzchen und Hutzelbrot, es duftete im ganzen Haus. Am 24. Dezember gehörte dem Vater die Wohnstube, er ging dem Christkind zur Hand.

Früher als sonst gingen die Eltern in den Stall, um die Tiere zu versorgen, die wie jedes Jahr an Weihnachten geschnitzelte Futterrüben und besonders gutes Heu mit etwas Salz darüber bekamen.

Unsere Spannung hatte ihren Höhepunkt erreicht. Überall war es mollig warm. In der Küche aßen wir zu Abend. Wir alle waren in Sonntagsstimmung, jeder hatte seine beste Kleidung angezogen.

Jetzt entfernte sich unser Vater, und nach einer kleinen Ewigkeit läutete das Glöckchen. In freudiger Erwartung gingen wir über den Flur in das Wohnzimmer.

Der Anblick des Weihnachtsbaumes und der Krippe verzauberte uns Kinder alle so sehr, daß wir zuerst gar nicht auf die Geschenke achteten. Jetzt wurde noch gebetet und gesungen, dann erst packten wir unsere Geschenke aus.

Die Puppenstube und das Schaukelpferd gehörten wie jedes Jahr dazu. Das Schaukelpferd war wieder frisch gestrichen und die Mähne und der Schweif mit neuem Roßhaar ausgebessert worden. Auch die Puppenstube hatte neue Tapeten bekommen.

Die Eltern erzählten Geschichten oder lasen etwas vor.

Um 23 Uhr brachen wir auf, um in die Mitternachtsmesse zu stapfen. Bei klirrender Kälte, viel Schnee und im Dunkeln mit einer Lampe machten wir uns auf den Weg. Zu dieser Zeit gab es noch keine Heizung in der Kirche. Auch unsere Bekleidung war noch nicht so mollig warm wie heute.

Doch ich erinnere mich nur an die herrliche, im barocken Stil erbaute Schloßkirche, den im Glanz der vielen Kerzen erleuchteten Altar, den geschmückten Weihnachtsbaum und die wunderschöne Krippe.

Für uns Kinder war es eine solche Seligkeit; die Gefühle lassen sich für mich schwer beschreiben.

Als dann die Kindheit zu Ende war, hoffte und sehnte ich mich noch oft danach, an Weihnachten dieses Gefühl wieder zu erleben.

Doch nie mehr wurde es wieder so, so voller Freude und Wonne. So ungetrübt, so zufrieden und glücklich.

Das *Hutzel- oder Früchtebrot* wird
mit folgenden Zutaten hergestellt:

500 g getrocknete Birnen, 500 g getrocknete Pflaumen, 250 g Feigen, 250 g Nußkerne, 100 g Zitronat, 100 g Orangeat, Obstbrühe, 60 g Hefe, 1 kg Mehl, 100 g Zucker, 2 Teelöffel Zimt, 1 Messerspitze gestoßene Nelken, 1 Eßlöffel Anis, 1 Teelöffel Salz, die Schale von einer halben Zitrone, 2 Eßlöffel Kirsch- oder Zwetschgenwasser, 250 g Sultaninen.

Die getrockneten Birnen und Pflaumen über Nacht einweichen und am nächsten Tag in leicht gesüßtem Einweichwasser weichkochen. Die Brühe abgießen und Feigen, Obst, Nüsse, Zitronat und Orangeat in kleine Stückchen schneiden und Feigen und Dörrobst durch die Grobscheibe des Fleischwolfs geben.

Mit der lauwarmen Obstbrühe, Hefe, Mehl, Zucker und den Gewürzen in der Rührschüssel einen Hefeteig herstellen und zuletzt die Früchte einmengen. Nach gutem Gehenlassen Laibchen formen, auf ein gefettetes Blech setzen und nach nochmaligem Gehenlassen bei guter Hitze etwa 50 Minuten backen. Nach dem Backen wird das Hutzelbrot sofort mit Obstbrühe oder dünnem Zuckerguß bestrichen und mit abgezogenen Mandeln verziert.

Brigitte Jost

Verirrt im Winter

Im gnadenlos kalten Nachkriegswinter des Jahres 1919 kam eines Tages ein Brief ins Haus meiner Großeltern geflattert von der Tochter Marta aus Erfurt, die im Hause eines Geheimen Landgerichtsrates in der Milchinselstraße schaltete und waltete.

Da keine Kinder dem Geheimratsehepaar zu eigen waren, wurden im Jahr vier Hausbälle veranstaltet, um jungen Referendaren, Gerichtsassessoren und Töchtern von Amtsrichtern ein Kennenlernen zu ermöglichen und vielleicht auch ein klein wenig den Ehestifter zu spielen.

Zu einem dieser Hausbälle, der kurz vor dem Weihnachtsfest stattfinden sollte, wurde nun wieder in einem Extraschreiben von der Frau Geheimrat meine Mutter geladen, die ein junges Ding von ganzen achtzehn Jahren war, um ihrer Schwester etwas bei den Vorbereitungen und dann zur Festivität zur Seite zu stehen.

Bei meiner Mutter war die Freude groß, obwohl mein Großvater etwas in den Bart brabbelte, so von Kornseile machen und noch nicht fertig sein. Jedoch der Tag der großen Reise wurde festgelegt, und wie es sich gehörte, durften die besten Kleidungsstücke, wie ein schwarzseidenes Kleid mit «Eljennekragen» und die «Knippschuhe» nicht vergessen werden. Da meine Mutter schon des öfteren in Erfurt bei Geheimrats geweilt hatte, wußte sie, daß ihr stets mit ihrer Schwester und der Frau des Hauses ein Theater- oder Opernbesuch beschert worden war. Und noch im Alter schwärmte meine Mutter vom Tannhäuser, Martha, Lohengrin und auch der Minna von Barnhelm. Daß sie aber den Lohengrin in Person kennenlernen würde, dies wurde ihr zu diesem Besuch zuteil.

Die Kriegseinflüsse waren in diesen Hungerjahren auch im Hause eines Geheimen Landgerichtsrates zu spüren, und obwohl meine Mutter tüchtig aus dem elterlichen Haushalt eingepackt hatte, so selbstgemachte Butter, Eier, Speck und Wurst, denn man hatte das Schlachtfest schon gehalten, blieb aber der Gänsebraten im Geheimratshaushalt zum Fest noch dahingestellt. Alle Vorbereitungen zum Ball waren in vollem Gange, da kam die Frau Rätin aufgeregt in die Küche, guckte noch einmal kurz aus dem Fenster und gab meiner Mutter Anweisung, nachzusehen, ob das Väterchen, so war der Kosename für den Geheimrat, im Salon auf dem Diwan sein wohlverdientes Mittagschläfchen halte. «Lohengrin» kommt über den Dienstboteneingang, den darf er auf keinen Fall sehen. Wer war «Lohengrin»??? Etwa der Schauspieler aus dem Theater? Da wurde schon geklingelt. Die Hausherrin selbst, im dunklen Hauskleid, öffnete die Tür vorsichtig und so leise es eben ging. Es wurde getuschelt. Da stand ein großer, breiter Mann mit schwarzem, langem, weitem Umhang und ebenso schwarzem Schlapphut.

Er schlug das Cape auseinander, und eine herrliche, dicke Weihnachtsgans, blank gerupft, kam zum Vorschein. Nun wechselte die Gans den Besitzer, und man sah es ihr an, daß sie ordentlich aufgeplustert war, in so ein vornehmes Haus zu kommen. Ein ganzer Packen reinleinener, weißer Handtücher und ein Tafeltuch verschwanden unter dem Umhang. Mit einem Weihnachtswunsch verließ «Lohengrin» eilenden Fußes, sich nach allen Seiten umblickend, das Haus. Dieser «Lohengrin» war ein Bauer aus dem nahen Gispersleben, der den Haushalt des Geheimrates ohne dessen Wissen mit Lebensmitteln im Kriege versorgt hatte und noch versorgte und dafür die Aussteuer seiner heiratsfähigen Töchter einheimste.

Nun begann ein ausgelassenes Gelächter über den Decknamen «Lohengrin». So wie alle schönen Dinge schnell vergehen, so gingen auch die Tage für meine Mutter in Erfurt zu Ende, denn sie wollte ja zum Christfest wieder auf der Hainleite sein.

Das Wetter fing an, sich auf starken Wind zu versteifen, und dunkle Wolken trug der Dezemberhimmel. Mit guten Wünschen versorgt und einem ebenso honetten Lohn, bestieg sie den Zug in Richtung Hainleite. Als sie in Schernberg auf dem Bahnhof ankam, stand schon die Dunkelheit in allen Ecken. Nun ging's zu Fuß weiter, denn dies war die letzte Station vor dem Heimatort. Koffer und Tasche tragend, wurde nun mutig drauflos geschritten. Bereits nach den ersten Schritten hörte meine Mutter ihren Namen rufen, und siehe da, es war eine Frau aus Dietenborn, dem Nachbarort, die ebenso bepackt auf sie zukam. Gemeinsam gingen sie nun den langen Weg. Hart war der Boden gefroren, unsicher die Schritte, und die aufgetauten Stellen übereisten aufs neue, so daß ein öfteres Gleiten nicht zu verhindern war. Nun kam der Sturm auf und brachte die ersten Schneeflocken gleich in ganzen Herden.

Die Kopftücher aus Chenille wurden weiter nach vorne gezogen und der Pelzkragen hochgestellt. Koffer und Tasche beanspruchten auf längere Zeit doch ein beträchtliches Recht an gewisser Kraft. Die Arme wurden länger, und eine Pause wurde eingelegt. Inzwischen wurde es dunkler und dunkler vor lauter grauem Gewimmel. Ab und zu klopften sie den Schnee von den Mänteln. Keuchend vor Anstrengung kamen sie an ein Wegstück, welches in ganzer Breite mit Eis bedeckt war, und nur wenige Schneeschneisen hielten sich darauf, alles andere wurde vom Wind seitwärts getrieben. Aber sie schafften das Kunststück, darüber zu kommen. Es war ein schweres Stück Arbeit. Der Wind wurde immer heftiger, und meine Mutter sagte mir, daß sie auch mal rückwärts gegangen wären und kein Lichtlein von Schernberg mehr zu sehen gewesen wäre.

Aber die ersten Lichter von Himmelsberg zwinkerten herüber. Als sie Himmelsberg erreicht hatten, waren sie heilfroh. Der Schnee lag hier schon dick und dicker, hier hatte es schon den ganzen Tag geschneit. Mitten im Ort öffnete sich dann ein Fenster, und der Name der Dietenborner Frau wurde gerufen. Eine Bekannte hatte sie erkannt und lud sie schnell auf ein Schälchen Heißen ein.

Nun war meine Mutter zu höflich, um die Unhöflichkeit der Begleiterin zu rügen, weil diese der Einladung Folge leistete und sie in dieser tiefen Dunkelheit auf dick verschneiter Straße allein stehen ließ. Aber weder die Einsamkeit noch die Angst konnten sie abhalten, den Weg heim zu den Eltern aufzuschieben.

Es weihnachtete, die Sitte des Schenkens war zu schön. Für meine Großmutter war ein dickes warmes Wolltuch im Koffer und eine lange Zipfelmütze und Pantoffeln für den Großvater. Der Pfefferkuchen lag schon duftend in den Steintöpfen, überzogen mit Zuckerglasur, und vom Kleinberndtener Pfefferküchler Julius, der mit Pferd und Wagen kam, wollte man ja auch noch welchen kaufen, weil dieser immer mit einem bunten Papierweihnachtsbaum beklebt war. Und dann die Spinnstube, die am Sonntag in der Wohnstube meiner Großmutter stattfinden sollte, durfte nicht vergessen werden. Da mußten noch allerlei Dinge geschehen, die weißen Häkeldeckchen auf dem Sofa mußten geradegerückt werden, das

Kaffeegeschirr mit der bauchigen Kanne aus dem Glasschrank für die Schokolade einen griffbereiten Platz bekommen, und dann war der obligatorische Napfkuchen mit Rosinen, der mußte noch gebacken werden.

So gingen beim Stapfen durch den hohen Schnee die Gedanken meiner Mutter, als sie den Weg durch den Maibach einschlug, um eher zu Hause zu sein. Die Beine wurden langsam schwer und der Koffer und die Tasche noch schwerer. Allmählich mußte sie die Beine aus dem hohen Schnee ziehen, und das zehrt an der Kraft. Dunkel geisterten die Tannen und Büsche, und kein Laut war zu hören, nur das Klingeln des Blutes in den Ohren. Sie schaute zurück, Himmelsberg war verschwunden. Angst stieg jetzt richtig auf und nahm Besitz. War sie überhaupt noch richtig oder ging sie auf Immenrode zu, anstatt nach Großberndten?

Wäre sie doch nur den Weg gegangen. Der Gedanke des Verirrtseins, der ihr so schrecklich war, ließ sie bittere Tränen rinnen, die in jämmerlichem Weinen endeten. Warum war sie nicht auch in Himmelsberg geblieben, auf die Frau wartend, warum nicht auf dem richtigen Weg gegangen? Sie schleppte sich halb verzweifelt weiter. Die Beine versagten vom Herausziehen aus dem tiefen Schnee, eiskalt und naß war das Gefühl, welches sie beschlich. Schon hockte sie sich müde nieder, um etwas auszuruhen auf dem Koffer, und die Gedanken ruhten in der grenzenlosen Stille, wie zum Schlaf. Eingeschneit, erfroren, so dachte sie in schrecklicher Seelenangst.

Da erklang auf einmal ein leises, wimmerndes Klingen an ihr Ohr, und als sie die schon geschlossenen Augen öffnete, sah sie oberhalb des Tannengebüsches etwas Licht blinken. War es ein Irrlicht? Jedoch es kam näher und näher, und es gab ihr neuen Mut und Kraft. Du bist bald heim, du bist doch bald heim, dort das ist der Doktor Köhn aus Schernberg mit dem Klingelschlitten. Du darfst nicht ruhn, du mußt dich bewegen, sonst siehst du die Eltern nicht wieder. Nun war der Punkt des großen Aufraffens gekommen. Immer den Blick auf das flackernde Lichtlein gerichtet, gelangte sie über Graben und Feld endlich auf den Weg. Hier waren zu beiden Seiten dunkle Obstbäume, die sie leiteten trotz Schneegestöber und Sturm. Schon mußte sie große Schneewehen bewältigen, aber die Freude auf das nahe Heim und das Wiedersehen, auf die warme trauliche Stube betäubten das kalte Gefühl und die Angst. Wie hatte doch die erregte Phantasie die Schreckensbilder angelockt.

Da erscholl ein Hundegebell. Das waren heimatliche Klänge; es war, als ob eine Rinde oder Schale sich vom Herzen löste und die Brust freier atmen konnte. Nun war das Heimatdorf erreicht, schwarz lag der Weiher, und die Kirchturmuhr schlug die volle Stunde. Hie und da war noch ein Fenster erhellt, sonst lag das Dorf im Schlafe.

Auch im Elternhaus saß man noch bei der Lampe, und als sie an das Fenster klopfte und meine Großmutter meine Mutter davorstehen sah und weinen, erhob sie die Hände in ihrer Frömmigkeit und dankte Gott.

Die Nähe der Eltern, die warme Stube, der bald prasselnde Kaiserofen und der duftende Kaffee, das heiße Fußbad ließen meine Mutter die erlittene Todesangst und Seelennot der letzten Stunden vergessen.

Bis weit nach Mitternacht saßen die Großeltern mit meiner Mutter zusammen und plauderten, vom Hausball bei Geheimrats, von Tochter Marta und ihrer Arbeit und von dem angstvollen Weg durch den Schneesturm und dem rettenden Lichtlein des Doktor Köhn. Die Alten hörten zu, in Erinnerungen verloren.

Diese Begebenheiten prägten sich meiner Mutter sehr tief ein, und immer in der Vorweihnachtszeit, wenn der Schneesturm draußen um das Haus heulte, lauschte ich andächtig ihrer Erzählung und hatte noch tausend Fragen, weil ich ja die Tante Geheimrat im Alter gut gekannt hatte und oft die Ferien dort verbrachte, bis meine Mutter schließlich sagte: «Wer weiß, wie nahe mir mein Ende war.»

Ingeborg Schiffer

Die Sache mit der heiligen Soße

Als sie jung verheiratet waren, feierten sie ihr erstes Weihnachtsfest bei ihren Eltern mit den jüngeren Geschwistern, der Großmutter und der Großtante zusammen in alt gewohnter Weise. Es wäre auch schlecht möglich gewesen, in ihrer Einzimmerwohnung einen Tannenbaum aufzustellen. In den fünfziger Jahren waren Wohnungen noch Mangelware. Der Bauboom setzte erst Anfang der sechziger Jahre so richtig ein. So war es ihnen trotz vieler Bemühungen nicht gelungen, eine eigene Wohnung zu bekommen.

Im nächsten Jahr hatten sie dann eine. Sie war zwar sehr primitiv, ohne Wasser, ohne WC, ohne Heizung, aber immerhin hatten sie drei kleine Räume in einem über 200 Jahre alten Haus. Doch nur einer war mit einem Kachelofen heizbar.

Inzwischen war ein Christkindchen geboren worden. So wollten sie das zweite Weihnachtsfest wieder daheim in der großen Familie feiern. Den Eltern war es schon gelungen, ein Haus mit Heizung zu bauen, da war es warm und gemütlich. Außerdem wollten die anderen Familienmitglieder das staunende Kindchen am Weihnachtsbaum miterleben. Das Kindchen war schon bald ein Jahr alt. Ein Weihnachtsfest ohne Kinder ist doch eine ziemlich nüchterne Angelegenheit. Die Freude der Kinder überträgt sich auf die Erwachsenen.

Sie wollten also am 24. Dezember vormittags mit Bus und Bahn anreisen. Und wenn die Entfernung auch nur knapp vierzig Kilometer betrug, so war damals solch eine Reise ohne Auto mitunter eine recht umständliche und beschwerliche Angelegenheit. Wenn zum abgelegenen Bahnhof kein Bus fuhr, mußte man den Kinderwagen manchmal drei oder vier Kilometer durch den Tiefschnee schieben und kam dabei mächtig ins Schwitzen.

Für das Kindchen gab es keine Pampers, das heißt, daß man einen Windelvorrat mitnehmen mußte, der auch zu waschen war. So bequem, wie es junge Mütter heute haben, war es nicht. Wie dem auch sei, es wurde abgesprochen und beschlossen, Weihnachten in der Großfamilie zu feiern.

Doch dann kam es ganz anders. Am Morgen des 24. Dezember hatte das Kindchen plötzlich hohes Fieber und starke Rötungen am ganzen Körper. Der Arzt wurde geholt. Es stellte sich heraus, daß es der Beginn einer Windpockeninfektion war. An Reisen war nicht mehr zu denken. Also mußten sie Weihnachten in ihrer kleinen Wohnung allein feiern.

Aber um Weihnachten feiern zu können, braucht man einen Tannenbaum mit Kerzen, wenn es nicht ganz trostlos werden sollte. Und zum Heiligen Abend gehört das traditionelle Abendessen der Familie, die braune Fischtunke oder Pfefferkuchen-Rosinensoße, wie sie auch genannt wird. Und es gehören die schlesischen Weißwürste und Sauerkraut dazu. Ja und überhaupt, wie wird diese Soße zubereitet? Was kommt alles da rein? Nun gab es Probleme über Probleme.

Der junge Vater wurde losgeschickt, um noch einen kleinen Tannenbaum aufzutreiben. Den bekam er vom Förster, der gegenüber wohnte, das war schnell besorgt. Aber nun stellten die jungen Eltern fest, daß sie gar keinen Christbaumständer hatten. Der junge Vater fuhr mit seinem Motorroller in die naheliegende Kreisstadt und trieb wahrhaftig noch einen Ständer, etwas Lametta und ein paar Kerzen auf. Woran er allerdings nicht gedacht hatte, das waren Kerzenhalter. Die liehen ihnen die freundlichen Mitbewohner im Haus aus.

Auch mußte er von der Post aus bei den Schwiegereltern anrufen, um mitzuteilen, daß sie nicht kommen konnten. Nur wenige Leute hatten damals ein Telefon.

Das Tannenbäumchen wurde aufgestellt und geschmückt, so daß es in der Stube wenigstens weihnachtlich aussah.

Das Kindchen schlief, nachdem es vom Arzt ein Medikament bekommen hatte. Als es erwachte, schaute es ganz verwundert auf das Bäumchen.

Aber die Sache mit der Soße, die klappte nicht. Die junge Frau wußte nicht, wie die Soße zubereitet werden sollte. Sie war darüber sehr traurig, denn diese Soße gehörte zum Heiligen Abend. Ihr Mann tröstete sie und fand es überhaupt nicht schlimm. Sie könnte ruhig einen Kartoffelsalat zubereiten, und dann würden sie eben Wiener Würstchen und Kartoffelsalat essen, das war nämlich in seiner Familie Brauch.

So feierten sie also Weihnachten mit Würstchen und Kartoffelsalat, dem kleinen Tannenbäumchen und dem staunenden Kindchen. Aus dem neu erworbenen Radio ertönten Weihnachtslieder, die sie leise mitsangen. Nachdem das Kindchen wieder eingeschlafen war, las der junge Vater seiner Frau Weihnachtsgeschichten vor, während seine Frau Socken strickte. Dann wünschten sich die vier Familien in diesem alten Haus ein gesegnetes Weihnachtsfest. Sie hatten alle zusammen nur ein einziges Plumpsklo außerhalb des Hauses und einen gemeinsamen Waschkessel, in dem sie ihre Wäsche auch gemeinsam kochten. Aber sie hatten eine wunderbar friedliche und hilfsbereite Hausgemeinschaft.

So war nun der Heilige Abend still vorübergegangen. Doch irgend etwas hatte gefehlt. Das war die Soße, die braune Fischtunke, die es nur am Heiligen Abend gab.

Im nächsten Jahr mußte Lena unbedingt lernen, diese Soße zuzubereiten, damit sich so etwas nicht wiederholte.

Als sie im nächsten Jahr das Fest wieder in der großen Familie feiern wollten, begab sich Lena gleich in die Küche, um die Zubereitung der Soße nicht zu versäumen. Da mußte sie zu ihrer Überraschung feststellen, daß ihre Mutter es auch nicht konnte, die wurde alljährlich von der Großtante Selma zubereitet, die es wiederum von ihrer Mutter gelernt hatte. Da die Großtante inzwischen schon 80 Jahre alt war, wurde es höchste Zeit, es zu lernen. Lenas Mutter war selbst erschrokken, als sie daran dachte, daß die Tante sterben könnte, ohne ihr das Soßenrezept verraten zu haben.

Wie Lena später herausfand, handelte es sich bei dieser Soße um ein mittelalterliches Rezept, wie es in Klöstern während der Fastenzeit zubereitet und zu Fisch, insbesondere Karpfen, gereicht wurde. Daher der Name Fischtunke. Sie wird auch weiterhin zu Karpfen oder der schlesischen weißen Bratwurst, die Kalbfleisch und etwas Muskat enthält, gegessen. Aber die Wurst wird nicht gebraten, sondern in der Soße bei schwacher Hitze gegart. Und woraus besteht nun diese geheimnisvolle Soße?

Man bräune Mehl in Butter und stelle eine dunkle Schwitze her. Gelöscht wird sie mit einer Gemüsebrühe von Pastinak und ein bißchen Porree. Anstelle von Pastinak kann man auch Sellerie und Petersilienwurzeln kochen. Dann rührt man eingeweichten Pfefferkuchen und Rosinen in das Ganze. Man schmeckt mit Salz, Zitrone oder etwas Bier ab. Wenn man es herzhafter wünscht, kann man auch eine geräucherte Schinkenwurst hineinlegen, wenn man es milder wünscht, rundet man die Soße mit einem Schuß Sahne ab. Dann gart man die frischen weißen Würste darin. Das alles bei schwacher Hitze, damit die Soße nicht anbrennt und die Würste nicht platzen. Dazu gibt es Sauerkraut, Kartoffeln und Bier.

Lenas Brüder wollten, als sie heirateten, auf ihr geliebtes Weihnachtsessen nicht verzichten. So mußten ihre Ehefrauen alle lernen, diese Soße zuzubereiten. Als sich eine der Frauen mal spöttisch darüber äußerte: «Ihr mit eurer heiligen Soße!», da hatte die Soße fortan einen neuen Namen bekommen, nun war aus der Fisch-Pfefferkuchen-Rosinensoße die «heilige Soße» geworden.

Lenas Familie wurde größer. Ihre Kinder lieben diese Soße sehr. Zu Weihnachten verreisen? Nein, Weihnachten feiert man zu Hause, sonst würde das richtige Essen fehlen, und dann wäre es kein richtiges Weihnachtsfest.

Lenas Älteste bereitet diese Soße in ihrer Familie inzwischen selbst zu. Nachweislich besteht diese Tradition nun schon in der fünften Generation. Es ist aber durchaus möglich, daß schon die Großeltern der Großtante und noch weiter zurück die heilige Soße zubereiteten.

Jetzt weißt du, lieber Leser, warum man in Lenas Familie nicht überlegen muß, was man am Heiligen Abend ißt, die heilige Soße natürlich.

Joachim Kothe

Ein Traum wird wahr: Weihnachten in England

Zeitlebens habe ich mir eine recht kindliche Freude an Weihnachten bewahrt und Charles Dickens' «Weihnachtsgeschichte» mehr als einmal und in allen Versionen genossen. Daher mag es verständlich erscheinen, wenn über die Jahre in mir ein Wunschtraum wuchs: Einmal Weihnachten in England verbringen, im Kreise einer lieben Familie mit Kindern.

Dieses Jahr sollte mein Traum wahr werden: Familie Walsh mit den Eltern Catherine und John und den Kindern James (8), Andrew (10) und Lisa (12) luden mich ein, mit ihnen Weihnachten zu feiern in ihrem gemütlichen Haus in Stratford-sub-Castle in der Nähe von Salisbury.

Endlich war der 23. Dezember da, und bepackt mit Weihnachtsgeschenken und voller Erwartungen bestieg ich das Flugzeug nach London, von wo ich mit der Bahn weiter nach Salisbury fuhr. Catherine und Lisa erwarteten mich am Bahnhof, und nach einem schnellen Mittagessen zu Hause ging es zu letzten Einkäufen in die Stadt. Ich hatte ein weihnachtliches Stadtbild erwartet, wurde jedoch ziemlich enttäuscht: Nur wenige Läden hatten sich die Mühe gemacht, Weihnachtsschmuck an der Fassade anzubringen, und innendrin war es nicht viel besser. Wäre nicht der riesige Weihnachtsbaum vor dem Rathaus gewesen, so hätte man glauben können, es wäre ein ganz normaler Wintertag in Salisbury.

Wir holten Lisa von einer Freundin ab, wo sie mit anderen Mädchen ihren «persönlichen» Weihnachtsbaum gebastelt hatte, einen Zweig, der mit zahlreichen Dingen kunstvoll verschönt wurde. Zu Hause bekam er sofort einen Ehrenplatz im Flur.

Im Wohnzimmer stand jedoch schon seit dem 20. Dezember der bunt geschmückte richtige Weihnachtsbaum, und alle eintreffenden Geschenke wurden unter ihm abgelegt. Unter der Flurlampe hing der traditionelle Mistelzweig, doch den ebenso traditionellen Kuß unter demselben muß ich irgendwie verpaßt haben. Die Weihnachtsdekoration – Luftballons und Girlanden – war in jedem Zimmer vorhanden, und überall standen Weihnachtskarten. Noch nie zuvor habe ich so viele Weihnachtskarten in einem Haus gesehen, und ich erfuhr, daß in England jeder jedem, den er kennt, eine Weihnachtskarte schreibt. Teilweise werden sie selbst ausgetragen, und sogar Besucher bringen welche mit, sofern sie sie nicht geschickt haben. Die Familie hatte so um die 120 Karten bekommen – und geschrieben! Erstaunlich und kaum vorstellbar in Deutschland.

John sagte mir, in diesem Jahr sei es meine Aufgabe, die Krippe aufzubauen. Er gab mir einen Karton mit Figuren (von Harrods!) und ein mit Silberfolie bezogenes Brett. Normalerweise stand sie wohl im Flur auf der Anrichte, aber nachdem ich mich ein wenig umgesehen hatte, kam mir eine ausgefallene Idee: Im Wohnzimmer gab es einen unbenutzten kleinen Kamin, dessen Steine und Marmor immer noch ihre hell-beige Farbe zeigten. Ich schlug vor, diese «natürliche» Umgebung zu nutzen und die Krippe darin aufzubauen. Etwas zögerlich stimmte die Familie zu. Andrew besorgte Sand, den sein Vater kürzlich mitgebracht hatte, und wir modellierten eine Art Wüstenlandschaft mit einigen Hügeln. Lisa steuerte etwas Stroh bei, das sie aus dem Pferdestall hatte, den sie regelmäßig besuchte. Zum Geburtstag hatte ich Andrew eine Lichterkette für seine Eisenbahn geschickt. Da diese noch ganz war, beschlossen wir, damit die Krippenszene zu beleuchten. Nur blaues Papier für den Himmel fehlte uns. Wir versuchten es mit den Resten einer blauen Plastiktüte, aber es sah gräßlich aus. Weil John etwas gleichermaßen Wichtiges vergessen hatte (die Weihnachtskarte für seine Frau!), machten wir uns um 3 Uhr nachmittags am Heiligen Abend auf in die Stadt. Die Geschäfte hatten noch geöffnet, und wir bekamen, was wir wollten, und noch mehr:

Bei meinem Besuch im Sommer hatte ich eine CD als Geschenk mitgebracht im Glauben, im Hause gäbe es ein Gerät zum Abspielen derselben. Doch weit gefehlt. Es gab allerdings Pläne, einen CD-Player zu kaufen, und so hatte ich ihnen im Dezember eine Weihnachts-CD geschickt, nur um jetzt festzustellen, daß immer noch kein CD-Player da war. Nun war es also höchste Zeit. Als wir gegen 4 Uhr am Comet-Laden vorbeikamen, beschlossen wir, hineinzuschauen, und da stand er: Ein prima CD-Player mit Fernbedienung (Andrews Lieblingsspielzeug) in der richtigen Größe und, was noch wichtiger war, zum richtigen Preis. Es war der letzte, und so kauften wir ihn vom Regal und bauten ihn zu Hause sofort ein. Endlich konnten wir meine deutschen Weihnachtslieder spielen ... (Inzwischen kann ich die CD nicht mehr hören, denn sie war neben Beethoven die einzige Platte und lief während der gesamten Woche praktisch Tag und Nacht.)

Heiligabend ist in England kein besonderer Tag. Wir verbrachten ein paar ruhige Stunden unter dem Tannenbaum mit Getränken und Musik. Die Kinder waren natürlich sehr aufgeregt, aber sie mußten bis zum nächsten Morgen warten, wenn der Weihnachtsmann dagewesen sein würde. Bevor sie zu Bett gingen, stellten sie ein Glas Sherry für ihn und einen Teller mit Karotten für die Rentiere vor den Kamin, durch den er ja kommen mußte – auch wenn da jetzt die Krippe stand.

Die Kinder berieten, wo sie ihre Weihnachtsstrümpfe hinhängen sollten. An den Kamin? An den Bettpfosten? An die Türklinke? Ziemlich spät gingen wir zu Bett.

Lisa wachte zuerst auf. Sie erzählte uns später, daß sie ihren Strumpf so gegen 4.30 Uhr morgens aufgemacht habe und dann wieder eingeschlafen sei. Gegen 7.30 Uhr marschierten die Kinder in mein Zimmer und weckten mich mit einer Tasse Tee und einem Weihnachtsstrumpf. Ich hatte gar keinen aufgehängt, aber irgendwie mußte der Weihnachtsmann dem deutschen Besucher freundlich gesonnen sein: Es gab Süßigkeiten, Schreib- und Badeutensilien und eine wunderbar farbenprächtige Fliege. Danach gingen wir – immer noch im Pyjama – ins Elternschlafzimmer, um weitere Geschenke vom Tannenbaum zu holen und auszupacken. Nie zuvor habe ich eine ähnlich glückliche Familienatmosphäre gespürt: Ein jeder war freudig erregt und überaus zufrieden mit dem, was er bekam. Einige Geschenke blieben jedoch unter dem Weihnachtsbaum liegen, um die Spannung noch ein wenig aufrechtzuerhalten.

Kirchgang war um 10.30 Uhr, und wir besuchten den Gottesdienst in der kleinen Dorfkirche in Stratford. Die Stimmung war gelöst, und die Predigt bot interessante Spekulationen über die Frage, wie weit die Weihnachtskartengestalter die historische Wahrheit bei der Gestaltung der Krippenszene berücksichtigten.

Nach der Kirche wurde der Puter in den Ofen geschoben, und auf ging's – zu Drinks bei einem entfernten Verwandten im Ort. Wir blieben ungefähr zwei Stunden – standen herum, unterhielten uns und nippten an unseren Getränken nach typisch britischer Cocktailpartymanier, bevor wir nach Hause gingen, um dort ein hervorragendes Weihnachtsessen zu genießen mit allem, was in England dazugehört: gerösteter und gefüllter Puter, Rosenkohl, Röstkartoffeln, Soße und – natürlich – Christmas Pudding. Inzwischen hatten die Kinder weitere Geschenke geöffnet, und wir spielten damit überall im Haus. Besonders beliebt waren zwei Spiele, die sie bekommen hatten: Wir spielten *Monopoly*, wann immer sich dazu eine Gelegenheit bot, und fast jeder mußte *Twister* ausprobieren, ein witziges Arme-und-Beine-Verrenkungsspiel. Ich muß zugeben, daß ich mich davor erfolgreich gedrückt habe, aber beim nächsten Mal erwischen sie mich sicher.

Am zweiten Weihnachtstag (Boxing Day) hatten die Walshs die Nachbarn zu Drinks eingeladen; es war schön, noch ein paar Leute aus dem Ort kennenzulernen. Zum Abendessen kamen weitere Gäste – und es durfte wieder gespielt werden.

Am Sonntag kam Lisas großer Auftritt: Kurz vor meiner Abreise hatte Radio Bremen bei mir angerufen und gefragt, ob ich ein deutschsprechendes englisches Kind finden könne, das den Hörern über englische Weihnachten berichten könne. Ich wußte niemanden in Bremen und erwähnte so nebenbei, daß ich nach England führe und daß Lisa und ihre Mutter Deutsch sprächen. Die Redakteurin beschloß sofort, uns anzurufen, und Lisa nahm es auf sich, über ihr Weihnachtsfest zu berichten. Natürlich war sie sehr aufgeregt, besonders weil wir nicht wußten, wie die konkreten Fragen lauteten. Um 9.30 Uhr klingelte das Telefon, und Lisa war «auf Sendung». Sie machte ihre Sache sehr gut in einer gemischt deutsch-englischen Unterhaltung, und ich bin sicher, den Zuhörern hat es gefallen.

Am Nachmittag gingen Lisa und ihr Vater reiten, während wir übrigen einen eisigen Spaziergang im New Forest machten.

Montag brachte einen weiteren Höhepunkt: John hatte eine Besichtigung der Kathedrale von Salisbury organisiert, aber nicht eine normale Führung, sondern einen Gang «über die Dächer». Wir stiegen zum «ersten Stock» empor, und von dort hatten wir hervorragende Aussichten in das Kircheninnere und über die Stadt Salisbury. Wir liefen über die Gewölbe und sahen, wie der Glockenmechanismus das 11-Uhr-Läuten auslöste. Leider konnten wir nicht höher steigen, da der Turm immer noch renoviert wurde. Unser Führer gab uns jede Menge «nutzloser», aber sehr interessanter Informationen, und obwohl es oben ziemlich kalt war, war es sehr vergnüglich.

Mein letzter Tag brachte Einkaufen in der Stadt – und Stonehenge. An einem kalten Winternachmittag fuhren wir hinaus, um das historische Monument zu besichtigen, gerade rechtzeitig zum Sonnenuntergang und für einige eindrucksvolle Fotos. Es waren nicht zu viele Leute da, so konnten wir es ungestört genießen.

Ich bedauerte es sehr, am Mittwoch wieder abreisen zu müssen. Es war eine Woche voll Freude, Spaß und Glück gewesen. Kindheitstage waren neu zum Leben erwacht. Es war, wie ich es mir vorgestellt hatte – und noch schöner. Ich hoffe wirklich, daß jede Familie ein ebenso glückliches Weihnachtsfest erleben durfte – unseres war bestimmt wunderschön.

Sibille Treffkorn

Der Kalender

Jedes Weihnachten passiert mir das gleiche. Meist am ersten Weihnachtstag, spätestens wenn das gute Essen in Windeseile von meiner lieben Familie vernichtet worden ist. Dieses Jahr aber trifft es mich schon am Heiligabend: der Weihnachts-Blues!

Wie eine Schiffbrüchige sitze ich zwischen den zerfetzten Engels- oder Weihnachtsmannpapieren, in die ich bereits seit vielen Wochen hart «erarbeitete» Geschenke eingewickelt hatte. Meine Kinder hatten genau sieben und eine halbe Minute gebraucht, um den geheimnisvollen Päckchenberg, der da unter dem Weihnachtsbaum vor sich hin schwieg, in einen Trümmerhaufen zu verwandeln.

Nun sitzen die kleinen Raubtiere mit Papa befriedigt vor der elenden Glotze und probieren das neue Videospiel aus. Wie nach Absprache hatte keiner von uns, einschließlich der Kinder, mehr vom Weihnachtsmann gesprochen. Wo die Geschenke herkommen, hat sich mittlerweile bis zum Kleinsten herumgesprochen.

Und ich sitze immer noch benommen unter dem elektrisch blinzelnden Weihnachtsbaum und eine solche Welle von Jammer schwappt über mich, daß ich kaum atmen kann. War das nun Weihnachten? War das alles?

Ich denke an die letzten Wochen, die wie ein Wirbelsturm über mich dahingezogen waren. Seit vielen Jahren in Kalifornien lebend, hatte ich mich an die strahlenden, warmen Sonnentage in der Adventszeit nicht nur gewöhnt, sondern es gelernt, sie als Himmelsgeschenk zu betrachten. Zwar dachte ich liebevoll an meine Kinderweihnachten im Bayerischen Wald mit verzauberten Tannen im Schnee und Kirchenglocken, die die feierliche Stille einläuteten, aber die Spaziergänge am Pazifik in der Weihnachtszeit hatten auch die leisen Momente, die ich so dringend brauchte. Denn woran ich mich nicht gewöhnen konnte, weder in Deutschland noch in Kalifornien, war der erbarmungslose Konsumzwang, der den Menschen auferlegt wird, und der auch weder durch seelenvolle Weihnachtsmusik noch durch verführerische Düfte aufgelockert werden kann.

Verbissen hatte ich mich nun also durch die ebenso unchristlich blickenden Menschenmassen geboxt, um das bereits erwähnte Videospiel zu erwerben, nebst einigen anderen Geschenken, in der Hoffnung, meinen Kindern nicht nur kurzlebige Zerstreuung, sondern anhaltende Freude zu bescheren.

Auf müden Füßen nach Hause zurückkehrend, mit höchstens einem kurzen bewundernden Blick auf die Schönheit des feurigen Sonnenuntergangs hinter den windzerzausten Palmen, fand ich zu Hause nicht die beschauliche Stille, nach der ich mich sehnte, sondern eine ganze Liste von Kleinigkeiten, die bearbeitet werden mußte: Fahrstunden für den Ältesten, Lucas, («Mom, ich brauche *heute* den Scheck für den Fahrlehrer!»), ein Großprojekt für Pauls Englischunterricht («Mom, wir müssen noch schnell in die Bücherei, mein Projekt ist morgen fällig!!»), eine Weihnachtsparty für Jonathan

(«Mom, die Lehrerin sagt, keine Kekse, sondern was Nahrhaftes für die ganze Klasse. Morgen!!!») und zuletzt die vorverlegte Klavierstunde des Jüngsten, David («Mom, ich muß üben. Jetzt!!!!»). Dazu blinkte der Telefonanrufbeantworter vorwurfsvoll ob der Vernachlässigung der letzten Stunden, der Hund hatte sein Futter nicht recht vertragen und blickte betreten auf die Bescherung, und das Haus sah generell aus, als hätte eine Bombe darin eingeschlagen.

Ich hatte gerade einen neuen Job bei unserer Kirche begonnen und war dafür zuständig, daß alle Kinder der Gemeinde, zwischen drei und dreizehn Jahre alt, ein für sie bedeutungsvolles Weihnachtsspiel zustande bringen konnten. Natürlich mit nicht allzuviel Üben, denn alle Familien waren bereits genug belastet mit ähnlichen Listen wie meiner. Die Antwortmaschine wies mich nun auf all die kleinen Unterlassungssünden hin, die ich mir hatte zuschulden kommen lassen, und zu guter Letzt brachte die Briefträgerin noch die saftige Rechnung des Klempners, die ich bereits verdrängt hatte.

Trotz alledem war es mir aber gelungen, die Vorfreude auf Weihnachten nicht zu kurz kommen zu lassen. Der Fahrlehrer war bezahlt worden, die nötige Information für Paul vom Internet heruntergeladen worden, die Kekse waren – trotz zu spät angebrachter Warnung der Lehrerin – eingepackt und der Klavierunterricht abgesagt worden. Das Telefon hatte ich auf den nächsten Tag vertröstet, das Chaos den Kindern in die Hand gedrückt und die Rechnung ignoriert. Bei einer Tasse Kaffee am Abend hatte ich mit einer Freundin über den ganzen Plunder gelacht ... aber nun kriecht es mir unvermutet wieder den Rücken hoch.

Wie ich da so sitze, entzaubert und enttäuscht, muß ich wohl Wellen der Traurigkeit ausgesandt haben, denn meine beiden Teenager kommen an und versuchen, die Misere zu ergründen. Nächstes Jahr, versprechen sie reuevoll, packen wir langsamer aus! Nicht so hektisch! Und wir haben uns doch so über alles gefreut! Weihnachten war doch schön, nicht?

Ja, das war es. War! Ich bin untröstlich, denn alles ist ja tatsächlich schon vorbei. Die Kinder schleichen sich leicht betreten wieder fort, nur mein Dritter, Jonathan, drückt mir noch sein Geschenk in die Hand, ein leicht zerknautschtes flaches Päckchen, das verdächtige Ähnlichkeit hat mit dem Schulprojekt, an dem er seit Wochen sitzt, meist leise vor sich hin schimpfend, und was er mir unter keinen Umständen hatte zeigen wollen. Mich nur mühsam von meinem privaten Elend trennend, öffne ich das Päckchen und finde darin ... einen selbstgebastelten Kalender. Ein Kunstwerk nicht im herkömmlichen Sinne, sondern aus der Perspektive eines Neunjährigen betrachtet, der sein ganzes Herz gehängt hat an Flugobjekte: Flugzeuge, Raketen, Segelflieger, sogar Vögel, wenn's sein muß. Jeder Monat ist illustriert mit ausgeschnittenen Fotos, Zeichnungen und handgeschriebenen Informationen über die heißgeliebten Flieger, in stundenlanger Detailarbeit mühselig hergestellt. Welch eine Perspektive fürs nächste Jahr!

Und ehe ich mich besinnen kann, kommt eine Klarheit über mich, die eigentlich gar nichts mit Flugzeugen zu tun hat, und ich sehe mich als Gefangene meiner eigenen, viel zu hohen Erwartungen. Was hatte ich alles in diese Weihnachtszeit hineinzwängen wollen: Ich wollte meinen Job perfekt machen: unvergeßliche Erinnerungen schaffen für die Kinder und ihre Eltern, Omas und Onkel, wollte mein Haus weihnachtsfein und meine Freunde glücklich sehen, wollte jeden mir irgendwie nahestehenden Menschen mit einer Karte wenigstens, vielleicht mit einem Geschenk erfreuen, hatte versucht, uns den Alltag mal ein Weilchen vom Hals zu halten, dabei schon mit ängstlichen Augen nach dem neuen Jahr schielend. Vor allem aber natürlich wollte ich Glück und Zufriedenheit für meine Familie schaffen, vielleicht sogar ein bißchen der alten Beschaulichkeit in die hektischen neunziger Jahre retten. Und was mir jede Frauenzeitschrift entgegenjubelte: Nun entspann dich mal schön in den Weihnachtstagen.

Diese Kombination kann wohl nur verstanden werden als das perfekte Rezept für eine hausgemachte Katastrophe.

Nun schau ich auf den Kalender und lese aus den technischen Informationen des schnellsten Flugzeugs der Welt etwas, was mein Jonathan sich wohl nicht hatte träumen lassen, als er mir schrieb, nämlich, daß das Jahr 365 Tage hat. Daß wir nicht alles Glück der Erde in einen dieser Tage zwingen können, sondern in Dankbarkeit die kleinen Geschenke jedes einzelnen Tages annehmen sollten. Daß der, auf den wir in der Adventszeit so sehnsüchtig warten, schon längst bei uns ist und bleibt, und doch auch immer wiederkommt. Ich lese, daß wir alle miteinander verbunden sind, nicht nur im Glück, sondern auch in der Traurigkeit der Ereignisse, die uns durch das Jahr begleiten, und daß wir es uns manchmal nicht anders zeigen können als im Geben von Geschenken. Nun ist nicht jeder ein begabter Kalendermacher, sondern manche müssen bescheiden auf das Kaufen von Gegenständen zurückgreifen, die aber doch immer nur eins sind: das Symbol von Liebe.

An uns, an mir ist es nun einfach, in der Weihnachtszeit wohl ganz besonders, den Spreu vom Weizen zu trennen, das Unwichtige vom Wichtigen, und die Zeichen der Liebe zu erkennen, denn das ist es, was Christus uns gelehrt hat. Und dann kann Weihnachten wieder sein, was es sein soll, eine Erinnerung an unsere Liebe zueinander und daran, daß es ein Licht gibt, das die Dunkelheit der ganzen Welt auslöschen kann.

Ingeborg Pfändler

Kinder-Kriegsweihnachten

Im Kriegsjahr 1940 verbrachten wir in Hamburg fast jede Nacht im Luftschutzkeller. Daher wurde einem Teil der Schulkinder die Möglichkeit geboten, für eine Zeitlang bei Gasteltern im noch ruhigeren Wien zu leben. Ich war noch nicht ganz zehn Jahre alt, als wir direkt aus dem Luftschutzbunker den Weg zum Bahnhof Altona und dann die weite Bahnreise antraten. Mein Vater war an der Westfront, und meine Mutter versteckte den Abschiedsschmerz – ich würde in der fremden Stadt wenigstens etwas mehr Nachtruhe haben.

Ich kam mit zwei Schulkameradinnen in Wien-Simmering in eine einfache Familie mit erwachsenen Kindern: Die verheiratete Tochter arbeitete in einem bekannten Wiener Hotel (ihr Mann stand an der Ostfront), der Sohn besuchte eine Fortbildungsschule. Wir gewöhnten uns schnell an den Wiener Dialekt, an die fremde Umgebung – was wäre uns auch anderes übriggeblieben? «Sei bescheiden und stets hilfsbereit deinen Gasteltern gegenüber», empfahl mir mein Vater in einem Feldpostbrief.

Mit meiner Klasse übte unsere Hamburger Lehrerin in der Adventszeit das Märchen «Das Mädchen mit den Schwefelhölzchen» ein. Ich durfte die Hauptrolle spielen. Für mich war es faszinierend und aufregend zugleich dafür zu sorgen, daß das Zündhölzchen im rechten Augenblick aufleuchtete, daß ich deutlich sprach und gut spielte. Am Tage der Aufführung hatte leider niemand aus meiner Gastfamilie Zeit teilzunehmen, zu schauen, zu klatschen und zu loben. Und meine Eltern waren ja weit weg – stille, herbe Enttäuschung eines Kriegskindes! «Sei stets dankbar», das war immer wieder der Rat meiner Eltern, und ich hatte gehorchen gelernt.

Die Wohnung meiner Gasteltern bestand aus zwei größeren Schlafzimmern, einer Diele als Wohnzimmer und einer kleinen Küche mit angrenzendem Badezimmer. Wir drei Hamburger Mädchen durften uns zwei zusammenstehende Betten teilen, der Wiener Sohn schlief in einer Abstellkammer.

Es wurde Winter, und Weihnachten kam schnell näher. Abends ab 20 Uhr wurden durchs Radio alle arbeitsfähigen Personen und größeren Kinder zum Schneeschieben auf Kreuzungen und Straßen gebeten. Da die meisten Männer eingezogen waren, blieb für alle Frauen viel Arbeit im Beruf, im Haushalt und beim zeitraubenden Einkaufen. Und vor dem Heiligen Abend herrschte noch mehr Hektik.

Nach dem gemeinsamen Nachtessen am 24. Dezember mit Fladenbrot, Polnischer (einer Art Mettwurst) und Tee (mit Rum) – denn auf Lebensmittelkarten gab's kaum Sonderrationen zum Fest – stellten meine Gasteltern ein Tannenbäumchen auf den Küchentisch, schmückten es mit bunten Kugeln, einigen Kerzen und etwas Lametta, und gemeinsam sangen wir «Stille Nacht, heilige Nacht».

Natürlich hatte meine Mutti geschrieben und mir ein Päckchen geschickt mit neuen, selbstgefertigten Puppenkleidchen, verlängerten Wollstrümpfen und gehäkelten, mit Schnur verstärkten Stiefelbändern (da die vorhandenen immer wieder rissen und es keine zu kaufen gab). Von meinen Wiener Gasteltern erhielt ich eine dunkelblaue Kinderhandtasche mit einer roten Verzierung – oh, wie war ich stolz!

Als Krönung gab es an diesem Festabend noch Vanillepudding (der aber mehr eine Vanillesuppe war). Als es für uns Kinder an der Zeit war, ins Bett zu gehen, endete auch das Weihnachtsfest. Das Weihnachtsbäumchen wurde wieder abgeschmückt und kam für die Vögel in den Garten. Schon am folgenden Tag hatte die Familie wieder der Arbeit nachzugehen, und wir Kinder durften uns am nahen Hang mit Schlittenfahren vergnügen.

Wir waren zufrieden, mußten zufrieden sein. Wir hatten wenigstens noch eine warme Unterkunft, Eltern in der Ferne und die Möglichkeit des Schulbesuchs, mußten nicht täglich im Luftschutzkeller um unser Leben bangen.

Ich habe meine Wiener Zeit auch nach fast sechzig Jahren nie vergessen. Bei dem heutigen Überfluß erinnere ich mich sogar besonders oft an die bescheidene Kriegsweihnacht als Kind fern der Heimat.

Ursula Pecher

Im Weihnachtsland

Zur Weihnachtszeit ist es bei uns im Erzgebirge ganz besonders anheimelnd und gemütvoll. Das ganze Gebirge gleicht in dieser Zeit einem riesigen, wie von Schnitzerhand geschaffenen Weihnachtsberg. Neben stattlichen Christbäumen drehen sich überall auf den Marktplätzen mächtige beleuchtete Pyramiden. Große Schwibbogen (schwebende Bogen) bilden den Eingang zu den Weihnachtsmärkten, mit den traditionellen Figuren: Bergmann, Lichterengel, Schnitzer und Klöpplerinnen.

Als es mit dem Silberbergbau zu Ende ging, mußten sich die Bewohner neue Erwerbsquellen suchen. So begann das Klöppeln und Schnitzen überall im Gebirge zum Broterwerb zu werden.

In meiner Erinnerung habe ich folgendes Erlebnis: An einem frühen Nachmittag in der Vorweihnachtszeit lief ich nach der Schule voller Erwartung hinein auf den Schneeberger Weihnachtsmarkt. Die Bergstadt erglänzte im Weihnachtsschmuck wie ein großer lebender Weihnachtsberg. Der Markt und die angrenzenden Straßen waren voll von Verkaufsständen. In der Mitte des Platzes stand die Tanne mit unzähligen Lichtern geschmückt, daneben ein Nußknacker, circa drei Meter hoch. Den Eingang bildete ein riesiger Schwibbogen mit Bergmann und Lichterengel an den Seiten.

Ein paar Groschen hatte ich von Vati bekommen, doch für was sollte ich sie ausgeben? Für meine Wünsche reichten sie nicht hin und nicht her. In einer Ecke stand ein Mann mit einer Zipfelmütze und einem roten Gewand, vor sich in einer Glasvitrine einen Würfel, etwa 1 qm groß. Laut rief er über den Platz: «Lecker Honig, türkischen Honig!» Da schrumpfte mein Taschengeld das erste Mal etwas zusammen. Für einen Zehner schabte der Mann mit einer Art Spachtel etwas von dem Block ab, und ich bekam die süße Köstlichkeit. Den Honig schleckend, lief ich weiter bis vor einen Stand mit den Weihnachtsbergen. Obenauf waren Häuser und eine Kirche, alles beleuchtet. Weiter unten sah man einen Querschnitt durch ein Bergwerk, mit Seilen, Winden und Rollen und einem Förderturm, so wie es zu Zeiten des Silberabbaus in unserem Gebirge überall zu sehen war. Alles wurde mechanisch betrieben. Lange sah ich zu und konnte mich kaum trennen. Plötzlich ertönten weihnachtliche Klänge. Posaunenbläser vom Turm der Kirche St. Wolfgang spielten die traditionellen Weihnachtsweisen.

Verführerische Düfte zogen über den Markt und mir in die Nase. Bratäpfel, gebrannte Mandeln, Bratwürste und besonders Honig-Malz-Bonbons hatten es mir angetan. In einer der Buden konnte man zusehen, wie sie per Hand hergestellt wurden. Neugierig schauten wir Kinder zu. Unsere Nasen reichten kaum über den Verkaufstisch. Uns lief das Wasser im Mund zusammen ob der guten Gerüche. Leider hatte ich keinen Pfennig mehr in der Tasche. Lange stand ich an der Bude und sah zu, wie der Verkäufer den Erwachsenen immer mal ein Stück zu kosten gab, natürlich um sie zum Kaufen zu animieren. Wir Kinder konnten nur sehnsüchtig zuschauen, wir waren ja nicht kaufkräftig genug. Doch wir gaben die Hoffnung nicht auf, doch noch ein Stückchen zu erwischen. So standen wir und die Zeit verging.

Plötzlich blickte ich erschrocken auf. O je, es war inzwischen ringsum finster geworden. Nur der Markt war von der Beleuchtung in helles Licht getaucht. Ich war sehr erschrokken, denn meine Eltern hatten mir eingeschärft, noch vor Einbruch der Dunkelheit nach Hause zu kommen. Ich rannte so schnell ich konnte, heimwärts. Doch es war niemand da. Meine Eltern hatten sich inzwischen auf die Suche gemacht. Ich setzte mich auf die Treppe und wartete. Nach langer Zeit kamen meine Eltern zurück, sie waren sehr ärgerlich und schimpften mich aus, denn sie hatten sich sehr gesorgt um mich. Weinend versprach ich Besserung.

Annette Bachofer

Eine märchenhafte Weihnachtsgeschichte

Es war ein trüber Nachmittag im Advent. Peter saß in seinem Zimmer und langweilte sich. Die Mutter war in der Küche und backte Plätzchen. Sie brachte ihm einen Becher Kakao und ein paar «Versucherle» und sagte: «Lies doch ein bißchen in dem Märchenbuch, das Oma dir geschenkt hat.»

Peter schnupperte an den frischen Lebkuchen. Wie süß die dufteten, richtig nach Weihnachten. Er holte das Märchenbuch aus dem Regal und blätterte darin herum. Was sollte er lesen?

Plötzlich hörte er ein leises Kichern. Erstaunt blickte Peter auf und sah sich um.

Da stand neben ihm ein kleines Männchen, kaum ellenlang. Es trug ein grünes Wams und eine rote Zipfelmütze, schaute Peter freundlich an und sagte: «Gibst du mir eins von deinen Plätzchen, eins mit Zuckerguß, die mag ich besonders gerne.»

Überrascht nahm Peter ein Lebkuchenherz mit dickem Zuckerguß und gab es dem Zwerg. Der roch daran, machte mh ... und aß es genüßlich auf. Dann sagte er: «Komm mit mir, ich zeig dir etwas Schönes.» Peter zögerte, doch der Zwerg sprach: «Du brauchst keine Angst zu haben. Gib mir deine Hand und mach die Augen zu.»

Peter war neugierig. Er hockte sich auf den Boden, reichte dem Männchen die Hand und schloß die Augen. Er spürte einen leichten Luftzug und es wurde ihm kurz schwindelig im Kopf. Schnell öffnete er die Augen und blickte erstaunt um sich.

Was war das? Er saß am Rande eines Waldes, das kleine Männchen neben ihm. Nahebei unter einer großen Tanne stand ein Hexenhaus, bedeckt mit Lebkuchen, verziert mit bunten Zuckerplätzchen und Schokoladenkringeln. Es sah genauso aus wie das in seinem Märchenbuch.

Neben dem Häuschen war ein großer steinerner Backofen, davor standen die Hexe und Hänsel und Gretel. Die Hexe schob gerade ein großes Blech mit Honigkuchen in den Ofen. Ihr Gesicht war ganz rot, und die dicke Warze auf ihrer krummen Nase glühte ordentlich von der Hitze. Sie sah lustig und vergnügt aus. Neben ihr auf einem Holztisch lagen viele bereits fertige Lebkuchen, und Gretel schmückte sie mit Mandeln und buntem Zuckerstreusel.

Die Hexe sagte zum Hänsel: «Geh doch mal eben ins Kaufhaus und hol die Figuren für die Knusperhäuschen, vergiß aber Kater und Eulen nicht, der Puderzucker ist auch fast alle.»

Hänsel nahm einen Korb und zog los. Mit großen Augen hatte Peter alles beobachtet. Jetzt fragte er den Zwerg: «Wo sind wir denn hier?»

«Das siehst du doch, im Märchenland, und alle mit Weihnachtsvorbereitungen beschäftigt. Hier werden Hexenhäuschen und Lebkuchen gebacken. Geh nur näher hin.»

Peter tat es. Die Hexe nickte ihm freundlich zu und gab ihm einen Lebkuchen. Er war noch warm und duftete herrlich. Peter ließ ihn sich schmecken. Der Zwerg nahm ihn wieder bei der Hand, und sie gingen in den Wald hinein.

Bald kamen sie an ein kleines Haus. Das Männchen klopfte an und sie traten ein. Um einen langen Tisch saßen die sieben Zwerge. Vor ihnen lagen große Mengen von Gold- und Silberfolie, Buntpapier, Nüsse, rotes Band, Glaskugeln und Klebstoff. Die Zwerge bastelten Christbaumschmuck. Viele Schachteln waren schon gefüllt, und in der Ecke stand ein großer, bunt geschmückter Weihnachtsbaum.

Eine Tür ging auf, und Schneewittchen trat herein. Es war wirklich so, wie es im Märchen heißt: Weiß wie Schnee, rot wie Blut, schwarz wie Ebenholz und sah wunderschön aus. Schneewittchen hatte eine rot-weiß karierte Küchenschürze umgebunden und trug ein Tablett, darauf standen sieben Becher, sieben Teller, eine Schüssel mit Gebäck, eine große Kanne mit heißem Früchtetee und eine Schale mit roten Äpfeln. Sie stellte alles auf den Tisch und sprach: «Nun stärkt euch erst mal.»

Die Zwerge griffen eifrig zu, nur einer klagte: «Immer das süße Zeug, ich möchte lieber ein Schmalzbrot mit viel Zwiebeln.»

«Sollst du haben», antwortete Schneewittchen und holte ihm eins. Nun schmausten alle zufrieden. Schneewittchen kam auf Peter und das Männchen zu und bot jedem einen schönen roten Apfel an. Etwas mißtrauisch blickte Peter auf die verlockende Frucht, aber Schneewittchen sagte lachend: «Du kannst ihn ruhig nehmen, er ist nicht von der bösen Stiefmutter.»

Die beiden gingen weiter und kamen bald an ein anderes Häuschen. Davor war ein zierliches Gärtchen mit Blumen in allen Farben. Rechts und links von der Haustür wuchsen zwei Rosenstöcke, einer mit weißen und einer mit roten Rosen. Peter ahnte schon, wer hier wohnte, Schneeweißchen und Rosenrot. Richtig, in der Stube saßen sie neben ihrer Mutter, und vor dem Kachelofen lag der große braune Bär und brummte behaglich. Die Mutter nähte mit flinken Fingern Puppenkleider, niedliche Mützchen, Schürzchen und Röckchen. Schneeweißchen und Rosenrot nähten Knöpfe und Bänder an und zausten ab und zu den Bär an seinem Fell. Peter schaute eine Weile zu. Die Mutter und die Mädchen stimmten ein Weihnachtslied an, und Peter summte leise mit. Der Bär brummte und der Zwerg hörte zu.

Sie verließen das Haus und setzten ihre Wanderung durchs Märchenland fort. Überall wurde eifrig gearbeitet, und Peter sah die merkwürdigsten Dinge: Im alten dicken Schloßturm strickte die 13. Fee warme Wolljacken, und Dornröschen stickte wunderschöne rote Rosen darauf. Der Froschkönig holte schimmernde Perlenketten aus seinem Brunnen hervor und legte sie auf eine goldene Schale. Die Prinzessin stand daneben und verpackte sie in hübsche bunte Schachteln mit weicher rosafarbener Watte. Ab und zu warf sie ihren goldenen Ball hoch in die Luft und fing ihn geschickt wieder auf. Das Sterntalermädchen hatte seine neuen Kleider angezogen und faltete die schönsten Sterne aus Goldpapier. Frau Holle und die Goldmarie backten Stollen und bestäubten sie mit weißem Puderzucker. Im Haus der Großmutter häkelte die alte Frau rote Mützchen und Rotkäppchen wickelte Wolle auf. Aus einer windschiefen Hütte scholl feiner Gesang. Das waren die sieben Geißlein, die übten sich im Chorsingen. Das tapfere Schneiderlein schnitt von einem großen Klumpen Marzipan kleine Stücke ab und formte daraus Marzipanbrote und -kartoffeln, die er dann in kleine braune Säckchen abzählte. Peter schaute und staunte und probierte und war glücklich.

Doch allmählich wurde er müde. Er setzte sich auf den Boden und schloß die Augen. Das kleine Männchen packte ihn fest an der Hand, ein Lufthauch, ein leichter Schwindel, und als Peter die Augen öffnete, saß er wieder in seinem Zimmer am Tisch vor dem aufgeschlagenen Märchenbuch. Die Mutter kam herein und fragte: «Hast du geschlafen, es war so still in deinem Zimmer?»

«Nein», sagte Peter, «ich war im Märchenland», und er erzählte der Mutter, was er alles erlebt hatte. Die Mutter staunte und ging lächelnd wieder in die Küche. Auf dem Tisch lagen eine vergoldete Nuß und ein roter Apfel. Peter schaute sich nach dem Männchen um, doch das war verschwunden. Nur ein leises Kichern meinte er noch zu hören. «Komm bald wieder», flüsterte Peter, «und vielen, vielen Dank!»

Oliver Jentjens

Mr. Santa setzt sich durch

Wie ein Blitz aus heiterem Himmel endet Mitte November 1918 der Erste Weltkrieg mit der bedingungslosen Kapitulation der deutschen Armeen. Amerikanische Truppen besetzen die linksrheinischen Gebiete, so auch den Eifel-Mosel-Raum. Der Besatzungsmacht ist es bei Strafe strengstens verboten, Verbrüderungen mit den Besiegten einzugehen. Sergeant John Miller, der für die Verpflegung eines Truppenteils der 3. Armee verantwortlich ist, blutet das Herz. «Ich möchte so gerne helfen, besonders wenn ich diese bettelnden Kinderaugen sehe», denkt er, «aber ich darf nicht – diese verdammten Vorschriften!»

Auf seinen vielen Fahrten im Kleinlastwagen über holprige schneebedeckte Straßen von Wittlich (Eifel) in den Moselort Bernkastel hört er immer wieder das Wehklagen der Einheimischen, weil der Dezember 1918 so bitterkalt und schneereich ist. Die Menschen frieren in ihren Wohnungen, Heizmaterial ist äußerst knapp. Kerzen und Petroleum gibt es nur auf Bezugschein; viele Menschen verbringen deshalb die Abende im Dunkeln. Auch Lebensmittel sind kaum zu haben; geringe Mengen an Schokolade nur auf Rezept als Medikament in Apotheken erhältlich. Süßigkeiten im ausgestellten Nikolausschuh bleiben Wunschträume. Die leidgeprüften Familien rücken in dieser ärmlichen Adventszeit näher zusammen, und Großmutter erzählt Christkindgeschichten, um die gedämpfte Stimmung ein wenig aufzulockern. Der kümmerliche Adventskranz mit roten Schleifen, aber ohne Kerzen zeigt, daß Weihnachten unmittelbar vor der Tür steht.

Auf seinen täglichen Fahrten sieht Sergeant Miller häufig sogar Schulkinder, die an den Haustüren Frauenhaar in Kartoffelsäcken sammeln, das zur Herstellung von Treibriemen für Industriemaschinen Verwendung findet. «Ich kann es kaum glauben, was ich hier sehe und höre! Die vielen hungrigen Kinder, die bettelnd und erwartungsvoll hinter meinem LKW herlaufen, tun mir leid. Die können doch bestimmt nichts für diesen Krieg. Da muß ich doch helfen!» Das ist Millers feste Meinung.

Bald hat er auch schon die zündende Idee: Er spielt zwei Tage vor Heiligabend bei der Weihnachtsfeier seines Truppenteils einen der vier Weihnachtsmänner. In schwarzen Stiefeln, mit roter Hose und Jacke, dickem ausgestopftem Bauch aus Kissen, breitem Ledergürtel, roter Zipfelmütze und langem weißen Wattebart ist der Sergeant als «Santa Claus» nicht mehr zu erkennen – und das nutzt er aus. Miller läßt aus der prallgefüllten Vorratskammer der Armee heimlich Obst-, Fleischkonserven, Keksschachteln und Schokolade verschwinden, verstaut sie im Wagen und fährt los, nachdem ein anderer unbemerkt seine Rolle bei der Feier übernommen hat. Der Sergeant weiß genau, daß die schwerbewaffneten Posten am Tor bei diesem Schneegestöber heute «Mr. Santa» nicht kontrollieren. Sie wissen nämlich, daß die Weihnachtsmänner beweglich sein müssen, um die vielen Kameraden zu besuchen, die verstreut untergebracht sind. Winkend und schmunzelnd fährt der «heilige Mann» an ihnen vorbei, nachdem sie ihm hilfsbereit die rotweiße Schranke geöffnet haben. Sein Zielort ist das Haus der Armenfürsorge in der Stadt Wittlich. Er kürzt ab und befährt einsame verschneite Feldwege, um nicht aufzufallen. «Hoffentlich bleibe ich mit meinem Wagen nicht hängen», denkt der Soldat ängstlich; denn der Schneefall wird immer stärker, und der unbefestigte Fahrbahnrand bedeutet zusätzliche Gefahr. Ständig muß Miller mit der Hand den Schnee von der Windschutzscheibe wischen, weil die Scheibenwischer mittlerweile ihren Geist aufgegeben haben.

Doch nach einer Weile erreicht er endlich sein Ziel in der Stadt Wittlich. Das vertraute Motorgeräusch und die schrille Hupe des Lastwagens sind unüberhörbar; hungrige Kinder mit Schuhen aus Stroh und Pappe stürmen mit lautem Geschrei aus dem Gebäude und umlagern neugierig das Fahrzeug. Mit einem amerikanischen Weihnachtsmann haben sie nicht gerechnet. «Hoh, hoh, hoh!» ruft Santa Claus mit einer tief klingenden, aber freundlichen Stimme durch eine trichterförmige Blechröhre, drückte mehrmals auf die Hupe und verteilt seine Geschenke. Die Kinderaugen leuchten, und die Hände greifen gierig nach den Gaben. Miller ist sichtlich betroffen von der Dankbarkeit der Kleinen. So schnell wie er kam – verschwindet er wieder. Die Rückfahrt nach Bernkastel ist weniger beschwerlich, da der dichte Schneefall mittlerweile nachgelassen hat. Lässig grüßt der Weihnachtsmann die durchgefrorenen Wachposten am Tor der Armeeunterkunft und stellt seinen Wagen am Stammplatz ab.

Keiner hat seine Abwesenheit bemerkt. John Miller ist ein glücklicher Mensch und behält die dankbaren Kinderaugen noch lange in Erinnerung. Mitmenschlichkeit steht bei «Mr. Santa» nämlich höher im Kurs als sture Militärvorschriften. Jetzt ist auch Weihnacht für ihn!

Gerhard Bahr

Gedanken und Erinnerungen

Es wurde für mich von Jahr zu Jahr schwieriger, in einer Hamburger Verwaltung für etwa dreißig Mitarbeiter eine betriebliche Weihnachtsfeier zu gestalten, die mehrheitlich eine Zustimmung zur Wahl des Termines, des Ortes und des Programmes fand. Deswegen gründete ich ein Festkomitee, das Vorschläge entgegennahm, Alternativen erarbeitete und für diese Mehrheitsbeschlüsse einholte.

Nach diesem Verfahren fand zuerst eine geteilte Weihnachtsfeier statt: ein gemeinsamer Spaziergang über den Weihnachtsmarkt vor dem Rathaus und anschließend «Adventskegeln» in einer Gaststätte am Rande der Stadt.

In dem Jahr danach erhielt nur noch das Kegeln die Zustimmung. In der Folgezeit verzichtete die Mehrheit gänzlich auf ein Beisammensein im Kollegen- bzw. Kolleginnenkreis.

Die Begründung lautete: Die vielen Zusammenkünfte bei Kerzenschein in Vereinen, Skatrunden und in der Kirche würden zu Terminschwierigkeiten, Streß und einer Übersättigung führen. Es sei sinnvoller, eine «Reststimmung» für die Familienfeiern zu bewahren.

Bei einer zunehmenden Individualisierung unserer Gesellschaft ist diese Entwicklung nicht erstaunlich; denn immer mehr Menschen verlieren zum Beispiel das Gespür für den optimalen Umgang mit den Dingen, die uns eigentlich lieb und teuer sein sollten. Ich muß gestehen, daß mich diese Feststellung traurig stimmt, weil es mir in der Vergangenheit einige Jahre nicht vergönnt war, das schönste Fest feiern zu dürfen.

Zum Beispiel 1945: Zu Beginn der Adventszeit saß ich eines Nachts in Moskau zusammen mit sechs anderen verurteilten deutschen Kriegsgefangenen in einem sogenannten «Schwarzen Raben», so nennen die Russen das Kraftfahrzeug für Gefangenentransporte, auf der Fahrt vom weißrussischen zum sibirischen Bahnhof.

In der Hauptstadt erinnerte nichts an die vorweihnachtliche Zeit. Hell erleuchtet fanden wir lediglich den Vorhof des berüchtigten Staatsgefängnisses «Butyrka», in dem wir auf Instruktionen warten mußten.

Auf einem Bahnsteig stand ein Zug der Transsibirischen Eisenbahn abfahrbereit. Wir bestiegen an seinem Ende einen «Stolypin», ein Gefängnis auf Rädern, das ein zaristischer Minister für Verbannte konstruieren ließ. In diesem speziellen Eisenbahnwaggon saßen wir Häftlinge eingepfercht in zwei Zellenetagen; es gab für uns keine Fenster, deswegen konnten wir auf der Fahrt die Stationennamen nicht lesen. Die unzureichende Verpflegung bestand aus gedörrtem Brot und salzigem Trockenfisch. Das Trinkwasser mußte auf den wenigen Bahnhöfen erbettelt werden.

In Nowosibirsk endete die beschwerliche Reise. Nach einem Zwischenaufenthalt brachte uns am Heiligabend ein übel gelauntes und ohne Grund prügelndes Wachkommando bei einem fürchterlichen Schneetreiben in ein Internierungslager, in dem sich verschleppte Zivilisten aus der Heimat befanden. Fast nichts erinnerte an Weihnachten, höchstens das Stallgebäude, in das wir ähnlich wie Maria und Josef einzogen, und natürlich die tief verschneite Landschaft.

In dem primitiven, notdürftig gereinigten Raum, der vor unserer Ankunft einer Schweinemast diente, standen Holzpritschen zum Schlafen, Sitzen und ... Feueranmachen. Zum Wärmen diente ein kleiner eiserner Ofen und rationierte Steinkohle. Die erzeugte Wärme entwich durch die vielen Ritzen der Dachhaut ins Freie. Da es uns ferner an Winterbekleidung und ausreichender Nahrung mangelte, mußten wir schrecklich frieren.

Auch in einer solchen extremen Situation lassen sich Gedanken und Erinnerungen an bessere Zeiten nicht völlig verdrängen. Wir setzten uns dicht um den glühenden «Bullermann» herum. Jeder drehte sich alle paar Minuten um die eigene Achse, um den kalten Rücken zu erwärmen, an Schlaf war nicht zu denken. Es zwang sich wieder ein Vergleich zu Bethlehem auf; Maria und Josef verfügten in jenem Stall wenigstens über Stroh ... Dann begannen die Älteren einer nach dem anderen aus ihrem Leben zu erzählen.

Ich erinnere mich an zwei sehr verschiedene Berichte. Sie stammten von einem Berliner Artisten und einem lettischen Gutsbesitzer. Letzterer beschrieb einen Spaziergang durch den festlich geschmückten historischen Stadtkern seiner Heimatstadt Riga. Unter anderem hob er das Nationaltheater, das Schwedentor und das Globushaus hervor.

Er erwähnte, daß die lettische Hauptstadt 1201 von Albert, einem Bischof aus Bremen, gegründet worden ist. Seine

Schilderung erreichte den Höhepunkt mit dem Besuch eines Weihnachtsgottesdienstes im Dom zu St. Marien. Wir nahmen im Geiste auf einer Kirchenbank Platz und schauten zu, wie der Küster mit einem langen Dochtstab die Kerzen auf dem Altar entzündete. Die Orgel spielte, der Kirchenchor sang, der Pfarrer predigte ... Der Balte skizzierte uns ein wunderschönes stimmungsvolles Bild.

Statt seine «Weihnachtsgeschichte am Kamin» zu beenden, wollte er noch einen Akzent drauf setzen. Er beschrieb eine Schlittenfahrt mit vielen Gästen durch die mit Schnee bedeckte Landschaft zu dem Gut seiner Eltern und ein Festmenü einschließlich der Zubereitung der wichtigsten typischen Speisen. Dabei kam den Pilzen eine beachtliche Bedeutung zu. Stephano erklärte fachmännisch, wie sie in kleinen Fässern eingemacht und in einem Fluß versenkt, bis zu einem besonderen Anlaß lagerten. Beim obligatorischen Gänsebraten, mit Äpfeln und Rosinen gefüllt, angelangt, gab es lautstarke Proteste, weil den Zuhörern das Wasser im Munde zusammenlief und sich das Hungergefühl unerträglich steigerte.

Bevor ich mit der zweiten Erzählung beginne, möchte ich erwähnen, daß es sich bei dem Artisten um einen in Berlin bekannten Fahrradakrobaten handelte. Er pflegte einst insbesondere an Sonn- und Feiertagen – außer Weihnachten – Besucher und Bewohner der Stadtmitte mit seinen Kunststükken zu erfreuen. Ich bewunderte ihn, wenn er zwischen den Autos die Friedrichstraße mit seinem Turnerdress und einem Strohhut auf dem Kopf entlangradelte. Plötzlich führte er einen Handstand auf dem Lenker vor. Danach stellte er sich auf den Sattel und lenkte mit einem Fuß, weil er seine Hände zum Winken brauchte. Entdeckte er ein hübsches Mädchen, neigte er den Kopf kurz zur Seite und klappte den Deckel seiner Kopfbedeckung – von einem Scharnier gehalten – auf. Dafür bekam er meist besonderen Applaus, aber Geld wollte er nie. Da er keine Firmenwerbung betrieb, fragten sich einige Zuschauer, wovon er wohl seinen Lebensunterhalt bestreiten mochte. Nach Sibirien mußte er, weil er einen Rotarmisten verprügelt hatte, der ihm sein Fahrrad stehlen wollte.

Fritz, der sich stets mürrisch und wortkarg gab, taute unerwartet am heißen Ofen auf und überraschte uns mit dem Geständnis, daß seine Fahrradakrobatik ein Hobby gewesen sei. Sein Einkommen hätte er fast ausschließlich an den Weihnachtsfeiertagen als Klettermaxe, so werden bekanntlich die kriminellen Fassadenkletterer bezeichnet, «verdient». Während wir im Kreise der Familie in fröhlicher Runde beisammensaßen, sei er in den vornehmsten Villenquartieren von Zehlendorf und Babelsberg unterwegs gewesen, um in die Wohnungen der abwesenden reichen Industriellen oder bekannten Filmschauspieler einzusteigen. Von der Beute habe er in der übrigen Jahreszeit ein sorgloses Artistendasein mit seiner jungen Frau führen können. Nach dieser Lebensbeichte herrschte betroffenes Schweigen.

Gegen Morgen führte uns ein Wachposten in das Bekleidungsmagazin. Wir empfingen endlich die dringend benötigte Winterbekleidung. Mit meiner positiven Einstellung zum Leben betrachtete ich die Filzstiefel und den Schafspelz wie Weihnachtsgeschenke.

Bei der Rückkehr fanden wir im Stall Neuankömmlinge vor. Zu meiner Freude durfte ich einen bekannten gleichaltrigen Jugendlichen aus der Berliner Nachbarschaft begrüßen. Ich hoffte, mit ihm gemeinsam die harten Lebensbedingungen leichter ertragen zu können. Leider waren diese Weihnachten seine letzten.

Mit dieser Weihnachtsgeschichte möchte ich für das Verständnis einiger Belange der älteren Generation eintreten. Wir Überlebenden aus einer schrecklichen Zeit bekennen uns zum Beispiel uneingeschränkt zur schönen alten Tradition und wehren uns gegen aufkommende Tendenzen, sie einzuschränken.

Silvia Gödecke-Ohm

Trost

Mein «neuer» Lebensgefährte und ich reden darüber, ob wir in die Kirche gehen sollen. Er will nicht, ich schon. Ich bin traurig. Der erste Heiligabend ohne meine Kinder!

Bei der – sehr einvernehmlichen – Scheidung habe ich ihrem Vater versprochen, daß sie jeden zweiten Heiligabend mit ihm verbringen dürfen. Die Kinder finden es toll, und ich will das Versprechen halten. Vom Gottesdienst erhoffe ich mir Trost.

Da klingelt das Telefon. Mein Mann geht an den Apparat und sagt, es sei Uli, der frage, was wir gerade so machen. Der hat ja Nerven! Ich fühle mich gestört und schüttele den Kopf.

Uli ist ein Kumpel aus Kindertagen und Junkie. Oft, wenn er Hilfe brauchte (Job, Meldeadresse, Geld, Zuspruch ...), haben wir ihm geholfen. Genützt hat das selten. Er hält meistens nichts durch, findet Normalbürger spießig und haust zur Zeit in einer heruntergekommenen Pension.

Mein Mann antwortet also ausweichend: «Wir gehen vielleicht gleich zur Kirche.» Uli wünscht uns einen schönen Abend und legt auf.

Wir sehen uns an und fühlen uns schlecht. Uli sitzt jetzt irgendwo, und kein Mensch kümmert sich um ihn. An Weihnachten! «Weißt du, von wo aus er angerufen hat?» frage ich.

Mein Mann nickt. «Ich fahre ihn suchen und bringe ihn dann mit.» Er geht.

Während er unterwegs ist, ärgere ich mich, daß wir für diesen Abend nichts Besonderes vorbereitet haben. Aber uns ist eben nicht so nach Feier und Festlichkeit zumute gewesen. Immerhin haben wir einen bunten Teller und eine Flasche Wein.

Ein Geschenk für Uli? Wir hatten noch nicht mal über unsere Bescherung nachgedacht. Mir fällt ein, daß ich einen Jaspis besitze (Stein mit angeblich heilender Wirkung für Ulis und mein Sternzeichen, unterstützt u. a. die Heilung von Süchten). Also Geschenktütchen her und den Stein und ein paar Dinge vom bunten Teller hineingepackt.

Mein Mann kehrt zurück und mit ihm kommt Uli. Wir setzen uns und sind aus unterschiedlichen Gründen verlegen. Uli weiß natürlich, daß ich von einem gemeinsamen Abend zuerst nicht begeistert war. Ich wünsche ihm also erst einmal frohe Weihnachten, gebe ihm sein kleines Geschenk und erkläre nach dem Auspacken dessen Bedeutung.

Uli schweigt, und ich denke: Mist, das findet er jetzt völlig beschränkt.

Schließlich räuspert er sich und sagt mit belegter Stimme: «Das ist seit Jahren das erste Weihnachtsgeschenk für mich.»

Ich kann es gar nicht fassen, zumal ich weiß, daß er zu Eltern, Geschwistern und Freunden, die alle in der Nähe leben, immer Kontakt hat.

So kommen wir lebhaft ins Gespräch. Meine Gefühle werden schnell ins rechte Licht gerückt, und ich weiß endlich wieder, wie reich beschenkt ich in jeder Hinsicht bin. Aber es ist immer wieder ein Wunder für mich, in welcher Gestalt uns Trost und Hilfe zuteil wird!

Uwe Wagner

Die Brosche

Frühe Dämmerung senkt sich über das steinerne Häusermeer der großen Stadt: Und mit der Dämmerung hält auch ein wenig Stille in die sonst so unruhigen Straßen Einzug. Das Herz der Metropole scheint einen Schlag langsamer zu schlagen und den Heiligabend zu würdigen.

Inmitten dieser Wüste der Anonymität einer Plattenbausiedlung sitzt Anna Kästner am Fenster. Ihre Augen können kaum mehr den Unterschied zwischen Licht und Dunkel wahrnehmen, aber trotzdem sitzt sie jeden Tag am Fenster, als könne sie sehen, was da unten auf der Straße vorgeht. Krampfhaft versucht sie die Bilder ihrer Lieben vor ihr geistiges Auge zu bringen, aber alles verschwimmt und verzerrt sich in ihren Gedanken. Als sie noch die Brosche hatte, denkt sie, war es leichter. Immer wenn sie diese Brosche, Gold, mit einem Smaragd darauf, in die Hand genommen hatte, sah sie Kurt vor sich, wie er sie ihr vor so vielen Jahren geschenkt hatte, in einem kleinen, innen weichen Kästchen, das in Seidenpapier eingehüllt war. Und wenn sie Kurt sieht, kann sie auch die anderen sehen, die auch nicht mehr sind oder sich nicht mehr um sie kümmern, ihre eigenen Wege gehen.

Aber sie hat die Brosche nicht mehr, die ihr beim Erinnern half. Sie hat sie nicht mehr, weil Gabi …

Gabi, fährt es ihr durch den Kopf. Was war sie doch für ein liebes Mädel, immer so fröhlich und so aufmerksam. Wie oft ist sie zur Kaufhalle für sie gelaufen, ohne auch nur einen Pfennig mehr Geld dafür zu verlangen. Wie sehr hatte sich Anna Kästner auf jeden Dienstag gefreut, wenn Gabi kam. Dann hat sie saubergemacht und mit ihr geredet. Und wenn dann der frisch gebrühte Kaffee auf dem Tisch stand, hat sich

Gabi geduldig die Familienfotos angesehen, die Anna selbst nicht mehr erkennen konnte.

Dann war dieser schreckliche Tag gekommen, als Anna die Brosche vermißt hatte. Erst hatte sie noch geglaubt, sie hätte sie irgendwo verlegt, obwohl sie die Brosche immer sorgsam gehütet hatte. Es durfte einfach nicht wahr sein, daß Gabi …

Am nächsten Dienstag hatte Anna Gabi gebeten, nach der Brosche zu suchen, was diese auch geduldig getan hatte. In allen Schränken hatte sie nachgesehen, auch sämtliche Schubfächer der Kommode ausgeräumt, ohne die Brosche zu finden.

«Hoffentlich haben Sie sie nicht aus Versehen in den Mülleimer geworfen, Frau Kästner», hatte Gabi gesagt, noch hinzugefügt, daß es ihr leid täte, die Brosche nicht gefunden zu haben.

Und dann war Gabi nicht mehr wiedergekommen, nicht ein einziges Mal mehr. Sie hatte auch nicht Bescheid geben lassen, war nur einfach weggeblieben. Dabei hätte Anna sie nicht weggeschickt, obwohl sie inzwischen sicher war, daß Gabi die Brosche genommen hatte. Sie war der einzige Mensch, den sie hatte, der freundlich und nett zu ihr war. Nicht ein Nachbar oder irgend jemand anders fragte nach ihr.

Noch immer sitzt Anna am Fenster. Von überall hört sie jetzt die Glocken, die den Heiligabend einläuten. Ihre Gefühle sind zur Ruhe gegangen, sie kann nichts mehr denken, sitzt einfach nur da.

Es klingelt an der Wohnungstür, schrill und fordernd. Anna bleibt unbeweglich sitzen. Daß diese Zettelverteiler einen nicht mal zu Weihnachten in Ruhe lassen können, denkt sie und versinkt wieder im Schweigen ihrer Gedanken. Aber es klingelt immer wieder, die Klingel wird nicht mehr losgelassen. Nun muß Anna doch aufstehen, tastet sich zum Korridor und zur Haussprechanlage. Sie will eben die Taste drücken, als es gegen die Wohnungstür klopft. Anna schrickt zusammen. «Wer ist denn da?» fragt sie ängstlich.

Eine Frauenstimme, wie aus dicken Tüchern sprechend, antwortet ihr: «Ich bin es, Gabi. Bitte, machen Sie doch auf, Frau Kästner.»

Anna Kästners Herz pocht bis zum Hals, mit zittrigen Fingern löst sie die Kette und öffnet die Wohnungstür. Ein kalter, nebliger Luftzug kommt mit der jungen Frau herein. Sie umschließt Annas Hand mit ihren eiskalten Fingern und fragt: «Darf ich reinkommen?»

Anna Kästner nickt und tritt zurück, tastet sich an der Wand in ihr Wohnzimmer.

Die junge Frau spricht noch immer mit derselben aufmunternden Stimme. «Ich mach Licht an, Frau Kästner, ich vergeß auch nicht, es nachher wieder auszumachen.»

Anna geht nicht zu ihrem Platz am Fenster, sondern setzt sich auf die zerschlissene Couch. «Wie schön, daß Sie gekommen sind und gerade zu Weihnachten. Kommen Sie, Gabi, setzen Sie sich zu mir, wie immer, wenn Sie zu mir gekommen sind.»

Aber die junge Frau zögert, mit langsamen Schritten kommt sie zum Tisch. Anna hört, wie sie ihre Lederjacke öffnet. In ihrer Stimme liegt jetzt nicht die Spur ihrer gewohnten Fröhlichkeit. «Ich bin gekommen, weil ich Ihnen etwas bringen wollte», sagte sie und zieht etwas aus ihrer Jacke, legt es vor Anna auf den Tisch.

Anna weiß, was Gabi ihr da hingelegt hat. Und doch fahren ihre Finger schnell über das Tischtuch, bis sie auf das Kästchen stoßen. Sie öffnet es und hat wieder die Brosche in der Hand.

Gabi steht immer noch vor dem Tisch. Mit tonloser Stimme sagt sie: «Ich hab sie genommen, Frau Kästner. Manchmal tue ich so was, weiß selber nicht, warum. Es hat mir aber keine Ruhe gelassen, weil Sie doch so daran gehangen haben.» Die Frau schweigt, seufzt dann und fragt: «Hassen Sie mich jetzt?»

Anna Kästner lächelt. «Kommen Sie, Gabi, ziehen Sie Ihre Jacke aus und setzen Sie sich zu mir.»

Als Gabi neben ihr sitzt und Anna ihre Verlegenheit fast körperlich spüren kann, sagt sie: «Geben Sie mir Ihre Hand, Gabi.»

Zögernd schiebt die junge Frau ihre kleine Hand zu der Annas hin. Anna sagt: «Nein, Gabi, ich hasse Sie nicht. Kommen Sie, wir zünden uns eine Kerze an, und Sie hören mir ein bißchen zu. Dann müssen Sie aber schnell nach Hause, denn schließlich ist Weihnachten, und die Familie wartet doch auf Sie.»

Regina Winkler

Eine gute Zeit

Seit einer Reihe von Jahren beginnt für Johanna die Vorweihnachtszeit auf dem Friedhof. Das hat nichts Unheimliches an sich. Vielmehr ist es so, daß das Schmücken von Gräbern anläßlich des Totensonntags durch die Verwendung von Tannengrün, Tannenzapfen und schmückenden Materialien für ihr Gefühl gleichzeitig einen weihnachtlichen Gruß an diejenigen darstellt, die nicht mehr bei ihr sein können. Das für das jeweilige Jahr Abschließende dieser Tätigkeit macht ihr Herz und Sinne frei für das kommende Fest, die Weihnachtsvorbereitungen können nun beginnen und eigentlich haben sie das schon.

Nicht selten hat es in dieser Zeit schon mal leichte Schneeschauer gegeben, und auf der Fahrt in die kleine Stadt haben Johanna und ihr Gefährte auf den Feldern weiße Streifen gesehen, wahllos verteilt vom Wind. Einmal auch ist der Zug durch dichten Nebel gefahren, so wie ihn Johanna noch nie gesehen hatte. Da war alles nur weiß, wenn man durchs Abteilfenster schaute, weiß ohne jede Abstufung. Der Nebel dämpfte auch die Geräusche. Es war, als würde man in einen Watteberg hineinfahren oder in die Unendlichkeit, denn minutenlang schien es keine Außenwelt mehr zu geben. Da hatte Johanna ein Gefühl der Unwirklichkeit erfaßt, denn sie selbst, ihr Partner und das Zugabteil schienen das einzig Reale in einem nicht mehr erfaßbaren Raum zu sein, in dem plötzlich alles möglich zu sein schien, was unbekannt, märchenhaft und geheimnisvoll war. Der Zug hatte sie sicher ans Ziel gebracht, aber Johanna hatte etwas von dieser geheimnisvollen Stimmung bewahrt und mit hinübergenommen in die nahende Adventszeit.

Die Arbeit auf dem Friedhof ist getan und einen Streifzug durch die Stadt, in der Johanna ihre Kindheit verbrachte, haben sie auch unternommen, nun bringt sie der Zug zurück nach Hause. Es ist ein Zug, der nicht so schnell fährt, ein Regionalexpreß. Da kann man noch die Landschaft sehen, wenn man hinausschaut. Inzwischen ist es Nachmittag geworden. Die Dämmerung bricht jetzt früh herein, die Umrisse der Landschaft, Bäume und Gebäude, die durch das Zugfenster aussehen, als würden sie vorübereilen, werden schwächer. In den Häusern werden die Lampen eingeschaltet, der Lichtschein scheint die Reisenden zu grüßen. Vor sich hinträumend denkt Johanna, so viele Fenster – so viele verschiedene Lebensläufe. Wenn man die Fenster öffnen könnte, wie an einem großen Adventskalender! Manchmal erscheint es ihr zu wenig, nur ein Leben erleben zu können. Vielleicht, denkt sie, geht es vielen Menschen so, bewußt oder unbewußt. Vielleicht entsteht aus dieser Sehnsucht heraus der Wunsch, von anderen Schicksalen wenigstens zu lesen oder sich selbst welche auszudenken, vielleicht entstehen so Bücher, Theaterstücke, Filme.

Der Zug eilt nun schon durchs Dunkel. Da taucht wieder eine Ortschaft auf, Häuser, erhellte Fenster. Der Zug fährt hier langsamer über eine schmale Brücke. Johanna sieht erst nur einen roten Punkt und dann, daß es die Glut einer Zigarette ist, die ein Mann raucht, an der Brüstung seines Balkons lehnend. Ihm ist kalt, er zieht die Jacke am Hals höher. Der Zug fährt weiter, aber Johanna sieht noch diesen Mann auf dem Balkon. Da öffnet sich die Balkontür, und ein etwa zehnjähriger Junge steht in der Türöffnung.

«Vati», sagt er, «die Mutti ist am Telefon.»

«Ich weiß», sagt der Mann, «es ist ja ihre Zeit anzurufen.» Er wendet sich wieder ab und starrt erneut ziellos ins Weite. Aber der Junge bleibt. Er spricht jetzt hastig: «Aber Vati, diesmal will die Mutti auch dich sprechen, komm doch!» Es ist Angst in der Stimme des Jungen, Sorge, daß der Vater nicht ans Telefon kommen und so die Hoffnung zunichte machen würde, die er gerade jetzt wieder so stark fühlt.

Der Mann dreht sich fast heftig um und eilt zum Telefon. Aber da hat er es plötzlich nicht mehr eilig, langsam faßt er nach dem Hörer, versucht die Aufregung zu unterdrücken, sagt dann so ruhig wie möglich: «Ja, Kathrin, wie geht es dir?» Von der anderen Seite der Leitung kommt zunächst nur ein leises «Guten Tag, Jörg.» Dann: «Ich wollte mal hören, wie ihr so zurechtkommt, auch von dir. Lars spricht nicht so ausführlich am Telefon, er antwortet meistens nur auf meine Fragen, erzählt nicht von sich aus.»

Der Mann hat inzwischen innere Festigkeit gewonnen, seine Stimme hat jetzt einen ruhigen Klang. «Ja, Kathrin, Lars ist ja immer ein bißchen still und jetzt ... natürlich fehlst du ihm, mir auch, aber zurecht kommen wir schon.» Aber er sagt es so, daß es eher wie eine Frage klingt, nicht wie eine Feststellung. Die Frau am anderen Ende der Leitung hat wohl zwischen den Worten gehört, sie kennt ihn ja lange und gut, wie sie jetzt langsam wieder zu glauben beginnt. Ihre Stimme gewinnt zunehmend an Wärme, während sie spricht. «Weißt du Jörg, ich will gar nicht soviel drum herum reden. Ich hatte viel Zeit, immer wieder über alles nachzudenken in den letzten Wochen, es ist ja fast ein Vierteljahr inzwischen. Ich habe auch mit Vater gesprochen. Das war ja erst mal auch unumgänglich, wenn ich bei ihm wohnen wollte.»

«Ist Vater denn nicht froh, daß du bei ihm bist?»

«Doch, aber nicht darüber, daß ich nicht glücklich bin und nicht weiß, wie es weitergehen soll. Er hat eine Weile gebraucht, ehe er mein eigentliches Problem verstanden hat, daß es nicht in der Hauptsache die Tatsache ist, daß du mit einer anderen Frau zusammenwarst, sondern daß du mich während dieser Zeit mit jedem Wort, mit deinem ganzen Verhalten belogen hast, denn du bist wie immer gewesen, da war nichts, was mir hätte auffallen können, du warst nicht übellaunig, nicht gereizt, nicht böse. Vater meinte, das wären merkwürdige Vorwürfe, und da mußte ich sogar ein bißchen lachen. Aber er hat dann schon verstanden, wie ich es meinte, und wir haben uns unterhalten. Jetzt sehe ich es auch etwas anders als vor Wochen. Da meinte ich, daß ich dir nie mehr glauben könnte, alles anzweifeln müßte, auch die ganz einfachen Dinge, die der Alltag so mit sich bringt.» Die Frau macht eine Pause, spricht aber weiter, als sie merkt, daß der Mann nicht sofort antwortet, er ist wohl zu überrascht. «Ich möchte also nach Hause kommen. Es ist dir doch recht?»

Nun kommt Bewegung in den Mann, er läuft mit dem Hörer hin und her, soweit es die Schnur erlaubt. «Kathrin, du fragst, ob es mir recht ist. Weißt du nicht, wie sehr ich es gehofft habe die ganze Zeit, wie sehr ich auf dich warte! Wann kommst du, ich hole dich ab!»

«Nein», sagt die Frau, «überstürze es nicht so. Ich komme allein nach Hause, ich bin ja auch allein gegangen. Und etwas mehr als eine Woche wird es noch dauern. Ich sage es dann Vater, er wird sich freuen, auch wenn er dann wieder allein ist. Er freut sich für uns. Aber vorher will ich ihm noch das Schaufenster für seinen kleinen Laden besonders schön weihnachtlich herrichten. Ich habe mir da was Hübsches einfallen lassen, es macht etwas viel Arbeit, aber ich bekomme es schon hin in einer Woche, gerade rechtzeitig für den ersten Advent. Und dann werde ich nach Hause kommen, in der Adventszeit, so möchte ich es gern. Ich glaube, daß das eine gute Zeit ist, sich wieder näherzukommen, die Vorweihnachtszeit.»

«Eine sehr gute Zeit», sagt der Mann. Und mehr braucht es eigentlich nicht.

Und der Zug fährt weiter durchs Dunkel. Soll Johanna ein weiteres Kästchen am großen Adventskalender des Lebens öffnen?

«Möchtest du auch einen Apfel, Johanna?» Die Stimme ihres Mannes holt Johanna in die Wirklichkeit zurück. Sie muß sich erst ein wenig recken. Dann beugt sie sich vor, um den Apfel zu nehmen. Bei der Berührung ihrer Hände spürt sie die Wärme und fühlt augenblickslang ganz bewußt Geborgenheit.

Der Mann blickt sie an und sagt lächelnd: «Du siehst verschlafen aus, Johanna.»

«Nein», sagt Johanna, «ich habe nicht geschlafen, nur geträumt», und beißt kräftig in den Apfel.

Karl Keck

Gedanken zu Weihnachten

Die Engel der Heiligen Nacht

Im Lukasevangelium lesen wir: Ein Engel brachte den Hirten die frohe Botschaft von der Geburt Jesu mit den Worten: Fürchtet euch nicht! Siehe, ich verkündige euch große Freude, die allem Volk widerfahren wird; denn euch ist heute der Heiland geboren, welcher ist Christus, der Herr in der Stadt Davids.

Der Engel hat durch diese Botschaft die Welt bewegt und verändert.

Gab es danach und gibt es auch heute noch, in der Neuzeit, Engel der Heiligen Nacht, Engel, die die Welt verändern? Ja, es gab sie auch danach und es gibt sie heute noch! Es sind Menschen der Nächstenliebe, die wir als Engel bezeichnen können, da sie unser Leben beschützen, auch in der Heiligen Nacht.

Zunächst sollen zwei Persönlichkeiten hier stellvertretend für viele genannt werden! Albert Schweitzer, der als Missionsarzt in den Urwald nach Lambarene in Afrika ging, und die Ordensschwester Mutter Teresa, die in den Elendsvierteln von Kalkutta in Indien arbeitete. Mutter Teresa wurde «Engel der Armen» genannt. Albert Schweitzer war auch Musiker und gab viele Konzerte. Das eingespielte Geld verwendete er für seine Arbeit im Missionskrankenhaus. Beide waren praktizierende Christen. Sie nahmen sich an Wochen-, Sonn- und Feiertagen, selbst in der Heiligen Nacht, der hilfsbedürftigen, armen Menschen an. Für ihre große, barmherzige Menschlichkeit bekamen sie den Friedensnobelpreis.

Es gibt aber noch viele Menschen, die mit Liebe und Aufopferung für uns die Heilige Nacht nicht im Kreise ihrer Familie verbringen.

Das Personal in den Kraftwerken. Ohne ihren Dienst würden die Lichter ausgehen. Die Kerzen am Tannenbaum und der Lichterglanz der Weihnachtssterne könnten mit ihrem hellen Schein unsere Herzen nicht erwärmen. Es käme keine weihnachtliche Atmosphäre und Stimmung auf.

Die Rettungsdienste, die Ärzte und das Pflegepersonal in den Krankenhäusern und Altenheimen, die für Geborgenheit der anvertrauten Menschen sorgen, manchmal auch Sterbende auf ihrem letzten Weg begleiten.

Die Polizei und Feuerwehr, die für die Sicherheit in unserem Lande die Verantwortung tragen.

Das Personal der Straßen- und Bundesbahn, der Flughäfen sowie die Taxifahrer, die ihre Arbeit verrichten, damit wir noch pünktlich unser Ziel erreichen.

Die Bahnhofsmissionen, die für durchreisende, verlassene, obdachlose und einsame Menschen oft die einzige Anlaufstelle in der Fremde sind.

Die Telefonseelsorge, die verzweifelten Menschen selbst in der Heiligen Nacht ihre Hilfe anbietet.

Vergessen sollte man auch die Menschen nicht, die manchmal bis zur Erschöpfung einen pflegebedürftigen Angehörigen oder Nachbarn betreuen. Diese Menschen werden von den Pflegebedürftigen auch als Engel empfunden.

Erwähnen sollte man auch die Leute, die sich ohne Eigennutz für fremde Menschen einsetzen, z. B. Sammelaktionen durchführen, um die Not der betroffenen Menschen etwas zu lindern, oder auch die Leute, die unaufgefordert plötzlich in Not geratenen, fremden Menschen, auch in der Heiligen Nacht, ihre Hilfe anbieten. Schon ein Angebot zur Hilfe und ein freundliches Lächeln kann mehr erreichen und sagen als tausend Worte, und daraus kann der Notleidende Kraft schöpfen. Der Fremde empfindet diese spontane Hilfe, als sei ein Engel in sein Leben eingetreten.

Ohne sie alle würde unsere Welt viel ärmer sein und bei vielen Menschen keine Weihnachtsfreude aufkommen.

Ihnen allen, diesen Engeln der Heiligen Nacht, sind wir zu großem Dank verpflichtet.

Mögen alle unsere guten Wünsche in Erfüllung gehen.

Denken wir an das Wunder der Heiligen Nacht, in der Jesus als der Heiland geboren wurde.

Freuen wir uns auf festliche, besinnliche Tage und auf das Fest der Liebe beim Kerzenschein unter dem Weihnachtsbaum mit unseren Lieben.

Nutzen wir die stillen Stunden, um über unser Verhältnis zu Gott und zu unseren Mitmenschen nachzudenken.

Denken wir aber auch an die vielen Menschen, die Schwachen, Armen und Kranken in nah und fern, die in Not und Elend leben müssen, und schließen wir sie in unser Gebet mit ein.

Wünschen wir allen Menschen, die im Kriege leben müssen, daß der Friede bei ihnen einkehre.

Loben wir Gott mit den Worten: Ehre sei Gott in der Höhe, und Friede auf Erden, und den Menschen ein Wohlgefallen.

Ann Dames

Überstürzte Reise nach Deutschland

Ich kam am 21. November 1997 ziemlich überstürzt nach Deutschland, weil meine Schwiegermutter sehr schwer erkrankt und meine Schwägerin mit der Betreuung einfach überfordert war. Ich wollte ihr ein bißchen zur Hand gehen, denn obwohl meine Schwiegermutter in einem Altersheim lebte, brauchte sie doch eine Menge Zuwendung, und meine Schwägerin hatte dafür einfach nicht die Zeit. Ich nahm also meinen Paß und ließ mir in aller Eile ein Visum ausstellen – das brauche ich, weil ich in Südafrika geboren bin. Da mein Sohn zur Zeit in Schweden lebt, hatte ich auch ein Visum für Schweden beantragt, aber dafür war dann die Zeit zu knapp.

Nun war ich also in Deutschland, und mein Schwager machte den Vorschlag, auf die Insel Rügen zu fahren. Er sagte, vielleicht könnten mein Mann und ich von dort aus ohne Visum nach Schweden gelangen. Also fuhren wir mit dem Zug nach Saßnitz und von dort weiter mit dem Schiff nach Schweden. In Saßnitz wurden unsere Pässe von Grenzschutzbeamten kontrolliert. Sie ließen mich passieren und sagten nur, es wäre mein Problem, ob man mich in Schweden reinließe. Wir haben's dann einfach versucht. In Schweden bei der Paßkontrolle war ich sehr nervös, ließ mir aber nichts anmerken. Mein Mann, der ja ursprünglich aus Deutschland stammt, zeigte zuerst seinen Paß vor, dann meinen. Die Beamten überprüften die Pässe und sagten dann, ich bräuchte ein Visum. Was sollten wir tun? Mein Mann zeigte unsere Rückfahrttickets nach Deutschland vor und auch unsere Flugtickets zurück nach Südafrika. Die Zollbeamtin nahm meinen Paß und bat uns, einen Moment zu warten. Sie wollte mit ihrem Vorgesetzten sprechen. Kurz darauf kam sie zurück und sagte mit ganz weicher Stimme: «Wir lassen Sie passieren – weil Weihnachten ist.» Ich war so glücklich und gerührt, daß mir die Tränen in die Augen schossen. Es gibt also wirklich noch Menschen auf dieser Welt, die einem eine Chance geben, die einem Vertrauen entgegenbringen!

Wenn ich diese Dame und ihren Vorgesetzten jemals wiedersehe, werde ich ihnen danken und danken und nochmals danken, daß sie es mir ermöglicht haben, meinen Sohn zu sehen. Das werde ich ihnen niemals vergessen. Und auch nicht das Lächeln auf dem Gesicht der Zollbeamtin, als sie mich passieren ließ. Wir hatten wunderschöne Tage in Schweden, und mein Sohn, der erst zwanzig Jahre alt ist und mit meiner siebenundsiebzigjährigen Freundin ein Jahr in Schweden, verbringt, war überglücklich über unseren Besuch. Er ist unser einziger Sohn und war noch nie so lange und so weit von zu Hause weg. Vielleicht erklärt das, warum ich ihn so vermisse und ihn unbedingt sehen wollte ...

Aus dem Englischen übersetzt
von Dorothee v. Tiedemann

Nicole Raab

Die Holzfäller

Im tief verschneiten Winterwald stand eine kleine niedliche Tanne. Um sie herum befanden sich mehrere braune, kranke und abgestorbene Tannen. Es waren auch ein paar Büsche zu sehen. Plötzlich hörte die kleine zierliche Tanne ein leises Rascheln aus den Büschen und lauschte aufmerksam. Schließlich kam ein kleiner süßer Hase zum Vorschein, streckte sein

Schnäuzchen in die Luft und wich erschrocken zurück, als eine Schneeflocke auf sein Schnäuzchen fiel. Die kleine Tanne lachte und dachte, du drolliger Hoppel. Nach einer Weile verlor Hoppel die Angst vor den Schneeflocken, und er tanzte tolpatschig mit den Schneeflocken um die Wette.

«Mutti, Mutti», rief die kleine Tanne, «schau einmal, wie Hoppel im Schnee spielt.»

«Ja», krächzte die Muttertanne, «er sieht sehr lustig aus.» Die Mutter der kleinen Tanne atmete schon schwer, denn sie war von der Umweltverschmutzung sehr stark belastet worden.

Die Tage vergingen und es schneite immer fester. Tiefer Schnee lag im Wald, und Hoppel verkroch sich in seinem Winterbau und kam nicht mehr zum Vorschein. Viele Tannen lagen dunkelbraun, abgestorben im Wald herum und versperrten die Wege.

Plötzlich hörte man laute Motorengeräusche, und ein großer Lastwagen kam angefahren. Ungefähr ein Dutzend Holzfäller stiegen aus, nahmen eine laute Motorkreissäge und fingen an, die kaputten Tannenbäume abzusägen.

Nach einer Weile waren die Waldwege wieder frei. Aber plötzlich schreckte die kleine Tanne auf. Dicht neben ihr standen nun die Männer und begannen, die braunen kranken Tannenbäume abzusägen. Erschreckt dachte das kleine Tännlein daran, daß die Holzfäller jetzt auch ihre Mutter absägen würden. Kaum hatte sie es begriffen, da war es schon zu spät, ihre Mutter lag tot auf der Erde.

Die Holzfäller hoben und stemmten die Bäume auf den Lastwagen und fuhren davon. Kaum war der Lastwagen abgefahren, kam schon der nächste Lastwagen. Diesmal waren es weniger Holzfäller, die ausstiegen.

«Was wollen die denn jetzt noch machen?» sagte die kleine Tanne schluchzend zu den anderen grünen Tannen, die noch am Leben waren.

«Ich weiß es nicht», sagte ängstlich eine andere Tanne. Kaum hatte die andere Tanne zu Ende gesprochen, wurde auch sie abgesägt. Ach, fast alle großen schönen Tannenbäume wurden abgesägt.

Einer der Holzfäller sagte: «Das gibt bestimmt schöne Christbäume.»

Die kleine Tanne weinte bitterlich große Tränen. Nun hatte sie niemand mehr, keine Mutter, die meisten Bäume waren weg. Am liebsten wäre sie auch gestorben. Doch da kam aus der Ferne eine alte kluge, weise Eule angeflogen.

Die Eule ließ sich auf der kleinen Tanne nieder und tröstete sie. Sie sprach: «Sei nicht so traurig, Tännlein. Eines Tages werden die Menschen schon verstehen, daß sie den Wald brauchen, denn ohne Bäume können die Menschen auf die Dauer nicht leben.»

Hoffentlich, dachte die kleine reizende Tanne, werden hier bald wieder Bäume wachsen. Dann flehte sie die Eule an: «Bitte, liebe Eule, bleibe bei mir, ich bin ja so einsam.»

Die Eule sagte darauf: «Du mußt jetzt sehr tapfer und stark sein und weiterleben.»

Als die Tanne immer noch schluchzte, sagte die Eule: «Ich bleib ja bei dir.» Aber im stillen dachte sie: «Wie lange kann ich noch bei ihr bleiben? Ich bin ja schon sehr alt.»

Die Nacht brach herein, und Glockengeläute schallte aus der Ferne in den kahlen Wald, und der Schnee rieselte in dichten Flocken auf die Erde. Er war Heilige Nacht, und die liebe gute Eule dachte traurig: «Die gefällten grünen Tannen stehen nun geschmückt in den Zimmern der Umweltverschmutzer.»

Helmut Schultz

Adventsfahrt nach Goslar

Im Schaufenster eines Reisebüros wurde auf einer Tafel eine Advents-Tagesfahrt mit dem Bus nach Goslar angeboten. Ich war zwar schon mal in Goslar, hatte dort die Kaiserpfalz besucht und war durch die engen Gassen der Altstadt mit ihren hübschen Fachwerkhäusern spaziert, aber es gab da noch vieles, was ich gerne gesehen hätte. Also ging ich in das Reisebüro und buchte die Fahrt kurzentschlossen.

Am Reisetag gings morgens schon sehr früh mit einem Doppeldeckerbus los. Ich saß auf dem Oberdeck neben einem unsympathischen Menschen. Da der Bus voll besetzt war, gab es für mich leider keine Ausweichmöglichkeiten. Aber ansonsten war alles o. k.

Als der Muffel neben mir plötzlich anfing, wie ein Walroß zu husten und zu niesen, war es mit dem letzten Funken Sympathie vorbei. Ich drehte mich abrupt um und kehrte dem Walroß den Rücken zu. Ich saß so zwar etwas unbequem, aber ansonsten war alles o. k.

Auf der Autobahn kamen wir in einen Stau. Unser Reiseleiter erkundigte sich und hörte, daß die Autobahn wegen des Abrisses einer alten Brücke voll gesperrt war, was er uns über die Lautsprecheranlage mitteilte. Wir mußten zwar warten und warten, aber ansonsten war alles o. k.

Schon nach einer Stunde gings weiter. Unser Reiseleiter fing nun an, einen Vortrag über Goslar zu halten, wobei er es allerdings mit der Wahrheit nicht so genau nahm. Weil aber alle Reisenden seine Märchen zu glauben schienen, war ansonsten alles o. k. Als er dann den Bach Gose unverschämterweise in Gosse umtaufte und die Oker, die zur Aller fließt, die ihrerseits in die Weser mündet, kurzerhand in die Elbe umleitete, bekam ich wegen dieser kühnen Eingriffe in die Natur leichte Bauchschmerzen, aber ansonsten war alles o. k.

Kurz vor dem Ziel sagte der Reiseleiter durch, daß die Rückfahrt auf 16 Uhr festgesetzt worden war. In Goslar endlich angekommen, war dort alles verschneit. Ich stürmte sofort los, denn durch den Stau hatte sich die Aufenthaltszeit um eine Stunde verkürzt. Zuerst wollte ich im Rathaus den schönen Huldigungssaal besichtigen. Doch dort hing der Hinweis: Wegen Bauarbeiten geschlossen. Da hatte ich zwar Pech, aber ansonsten war alles o. k.

Ich ging nun über den hübschen Weihnachtsmarkt und bewunderte den überdimensionalen Weihnachtsmann mit seinem Rentierschlitten. An einer Bude prangte ein Schild mit der großen Aufschrift: BRATWÜRSTE. Da wollte ich erst einmal etwas essen. Als ich näherkam, sah ich unter dem Wort BRATWÜRSTE den ganz kleinen Zusatz: aus Pferdefleisch. Weil mir aber Pferde auf der Wiese lieber sind als im Magen, wurde aus meinem Bratwurstverzehr leider nichts. Aber ansonsten war alles o. k.

Ich verließ den Weihnachtsmarkt und ging in ein nahes Restaurant. Dort ließ ich mich von der netten Serviererin überreden und bestellte ein Goslarer Schlemmermahl. Als ich hungrig meinem Essen entgegenharrte, entdeckte ich an der Wand die Notiz: Alle Gerichte werden frisch zubereitet, es entsteht daher eine Wartezeit von mindestens 30 Minuten. Ich wartete geduldig eine dreiviertel Stunde und verschenkte damit kostbare Zeit, aber ansonsten war alles o. k. Das Essen schmeckte sehr gut. Es übertraf alle meine Erwartungen, was ich von dem Preis ebenfalls sagen konnte. Als ich bezahlt hatte, war mein Geldbeutel zwar fast leer, aber ansonsten war alles o. k.

Ich eilte nun die Rosentorstraße entlang. Da ging plötzlich mit Getöse genau vor mir eine Dachlawine nieder. Der

Schneehaufen wog bestimmt ein paar Zentner. Meine Schuhspitzen hatten zwar noch etwas abbekommen, aber ansonsten war alles o. k.

Ich kam zur Neuwerkkirche und wollte sie besichtigen. Am Eingang sah ich den Zettel: Heute keine Besichtigung. Ich war zwar enttäuscht, aber ansonsten war alles o. k.

Nun schlenderte ich gemütlich am Weberturm und Teufelsturm vorbei, ging durch das Breite Tor, war am Annenhaus und bestaunte den Zwinger. Ich wunderte mich, daß schon seit einer Stunde nichts Unangenehmes mehr passiert war, auch ansonsten war alles o. k.

Um 15.45 Uhr war ich wieder am Bus, aber der war noch abgeschlossen. Ich wartete. Um 16 Uhr kamen alle Oberdeckreisenden, aber keiner vom Unterdeck, auch der Fahrer und der Reiseleiter fehlten. Was war geschehen? Wir warteten. Erst um 17 Uhr kamen alle an. Wir fragten den Reiseleiter. Der erklärte: «Ich habe doch durchgesagt, daß wir wegen des Staus auf der Autobahn erst um 17 Uhr abfahren.»

«Sie haben gesagt, daß wir um 16 Uhr abfahren», sagte ich unwirsch, «von 17 Uhr wissen wir nichts.»

«16 Uhr habe ich zuerst gesagt, aber dann habe ich die Zeit auf 17 Uhr verbessert», verteidigte er sich.

Der Fall wurde nun genau untersucht. Es stellte sich heraus, daß der Lautsprecher auf dem Oberdeck kaputtgegangen war. Das mußte ausgerechnet zwischen der ersten und zweiten Durchsage des Reiseleiters geschehen sein, so daß nur die Unterdeckreisenden von der Änderung erfahren hatten. Die Oberdeckreisenden waren dadurch zeitmäßig zwar sehr benachteiligt worden, aber ansonsten war alles o. k.

Gegen 17.30 Uhr fuhr der Bus endlich los. Neben mir saß wieder das prustende Ekelpaket, und auf der Autobahn herrschte stellenweise dichter Nebel, der unsere Fahrt stark behinderte, aber ansonsten war alles o. k.

Wir erreichten gut unsere Stadt, und ich kam gut zu meiner Straße. Es war zwar schon ziemlich spät, aber ansonsten war alles o. k.

Als ich meine Haustür aufschließen wollte, ließ sie sich nicht öffnen. Ich versuchte es immer wieder, aber ohne Erfolg. Da klingelte ich beim Hauswart. Aber der meldete sich nicht. Ich schmiedete abenteuerliche Pläne. Doch ich klingelte erst einmal bei einem Parterremieter. Es dauerte etwas, bis sich eine verschlafene Stimme meldete. Ich nannte meinen Namen, entschuldigte mich und schilderte meine Situation. Er kam im Schlafanzug aus seiner Wohnung und versuchte, die Haustür von innen aufzuschließen. Aber auch das ging nicht. Wir probierten beide noch lange, aber nichts tat sich. Da sagte er schließlich: «Wissen Sie was, ich gehe in meine Wohnung, öffne das Vorderfenster, und Sie klettern einfach hinein. Ich lasse Sie dann aus der Wohnungstür zur Treppe, und Sie können hoch zu sich. Morgen werden wir dann weitersehen.» Ich kletterte also mitten in der Nacht durch ein fremdes Fenster und gelangte ausgerechnet in sein Schlafzimmer, wo sich die Ehefrau schnell die Decke über den Kopf zog, wahrscheinlich wegen der eindringenden kalten Luft.

Ich kam endlich in meine Wohnung.

Zu erwähnen wäre noch, daß im Badezimmer die Glühlampe durchknallte und ich die Zähne im Dunkeln putzen mußte.

Als ich dann im Bett lag, war ich zwar etwas müder als üblich, aber ansonsten war alles o. k.

Helmut Schultz

Die arme Maschine

Ein Geschäftsmann rief den Fabrikanten an. «Wann liefern Sie mir endlich meine Ware?» fragte er barsch.

«Entschuldigen Sie bitte, aber die Lieferung wird sich leider verzögern», antwortete der Fabrikant kleinlaut.

«Was?» brüllte der Händler, «verzögern? Sie haben mir aber fest zugesagt, daß die Lieferung noch vor Weihnachten erfolgt. Schließlich will ich ja mit Ihrem Artikel noch vor Weihnachten das große Geschäft machen.»

«Ich kann leider nicht mehr vor dem Fest liefern», sagte der Fabrikant gequält.

«Das ist ja unerhört!» schnauzte der Geschäftsmann. «Sperren Sie Ihrem Chauffeur den Lohn, wenn er das Paket nicht schneller zur Post bringen kann.»

«Das geht nicht», sagte der Lieferant. «Der Chauffeur hat ja keine Schuld.»

«Dann liegt es eben an Ihrer Versandstelle. Treten Sie Ihrem Packer in den Hintern, dann wird er schon schneller pakken.»

«Das geht nicht», jammerte der Fabrikant, «der Packer hat ja keine Schuld.»

Der Kunde ließ nicht locker. «Zum Teufel noch mal, dann liegt es eben an Ihrem Lager. Geben Sie Ihrem Lageristen eine Ohrfeige.»

«Das geht nicht, der Lagerist hat keine Schuld. Die Teile sind gar nicht am Lager und müssen erst gefertigt werden.»

«Erst gefertigt?» rief der Händler empört. Nach kurzer Pause sagte er: «Nun gut, dann legen Sie aber jetzt los, treiben Sie Ihre Leute gefälligst an, klopfen Sie ihnen auf die Finger, wenn sie nicht ganz schnell machen.»

«Das geht nicht», sagte der Fabrikant. «Die Leute haben keine Schuld, denn die Maschine ist doch kaputt, und wir warten auf das Ersatzteil.»

«Ach je, die arme Maschine», sagte der Händler mitleidsvoll. «Das wußte ich natürlich nicht. Warum haben Sie das nicht gleich gesagt? Da kann man selbstverständlich nichts machen. Da muß ich eben warten. Auf Wiederhören – und frohe Weihnachten!»

Maria Geißler

Weihnachtsüberraschungen

An einem trüben Tag im Dezember während der sechziger Jahre erwarteten meine Schwester und ich in Mailand Besuch. Die Hausmeisterin hatte uns kurzfristig mitgeteilt, daß der Wohnungseigentümer nachmittags vorbeischauen wollte.

«Ganz bestimmt bringt der Professor uns keinen Weihnachts-Panettone», scherzte ich.

«Seine Tochter wird doch nicht etwa heiraten? Sie ist, na also, sie kann noch nicht neunzehn sein», überlegte meine Schwester.

«Das kann ich mir auch kaum denken. Was wird er denn wollen?» Soviel wir rätselten, wir fanden keine Erklärung und warteten gespannt auf diesen Besuch.

Inzwischen war der Mailänder Professor in die Via Palmanova eingebogen, hatte den Corso Buenos Aires und den Loretoplatz hinter sich gelassen und wechselte auf die linke Spur, um bald in eine ruhige Seitenstraße einzubiegen. Er schaute nervös auf die Uhr. In einer guten Stunde würde er es hinter sich gebracht haben.

Der Professor, ein eher unauffälliger etwa fünfzigjähriger

Lombarde von mittelgroßer Statur, noch recht volles graumeliertes Haar, freundliches Wesen, war heute etwas mißgelaunt.

Im Wirtschaftswunder der sechziger Jahre hatte er sein Geld in einer Eigentumswohnung angelegt, und heute, nach zwei Jahren, wollte er seinen Mietern kündigen. Wie sonst könnte er diese wunderschöne kleine Neubauwohnung seiner einzigen Tochter zum bevorstehenden Weihnachtsfest auf den Gabentisch legen? Er hatte vor zwei Jahren per Zufall die geeigneten Mieter gefunden, nämlich uns, die wir an einer deutschen Schule unter Vertrag standen und uns hervorragend für die Amortisierung des Objekts eigneten.

«Wie lange werden Sie denn in Mailand bleiben?» hatte der Professor damals von uns wissen wollen.

«Wir haben einen Fünfjahresvertrag», war die Antwort, die ihn befriedigt hatte, aber er war vorsichtig genug gewesen hinzuzufügen:

«Ich habe diese Wohnung nämlich für mein Töchterchen gekauft, als Hochzeitsgeschenk, aber sie ist erst siebzehn.»

In der ruhigen Seitenstraße fand der Professor schnell einen Parkplatz, da es noch früh am Nachmittag war. Als er das Haus betrat, meldete die Hausmeisterin seine Ankunft nach oben. Die rassige Bologneserin, die diesen Palazzo, zu deutsch Mietshaus, verwaltete, paßte sehr gut in ihr Ambiente, eine sogenannte «Casa signorile», ein vornehmes Haus, sechsstökkig, mit heller Klinkerfassade, hübschen kleinen Balkons und allem Komfort: Hausmeister, Aufzüge, Müllschlucker, Fußbodenheizung, Haustelefon und eine Bushaltestelle nur wenige Schritte vom Haus entfernt. Eine breite Marmortreppe führte in den eleganten Vorraum, in dessen Mitte die Hausmeisterloge lag. Nach beiden Seiten gingen Wege zu den Aufzügen und in die Stockwerke. Der Professor begab sich geradewegs in den vierten Stock.

Ganz gegen ihre sonstigen Gewohnheiten hatte die Hausmeisterin über den Anlaß des Besuchs geschwiegen. Wenn jemand so kurz vor Weihnachten seinen Mietern kündigen wollte, so war das seine Sache. Diese netten jungen Damen hatten in der Weihnachtszeit so manche Pralinenschachteln und Weihnachtskuchen, Geschenke von reichen Eltern, aus der Schule mitgebracht und in der Hausmeisterloge abgeliefert, und nun wollte der Professor ihnen das Fest verderben. Das sollte er gefälligst selbst tun. Und schämen sollte er sich. Aber er hatte nur noch die Hochzeit seiner Tochter im Kopf. Während die Bologneserin sich solchen Betrachtungen hingab, hatte der Professor in der Wohnung seiner Opfer bereits Platz genommen.

«Ich bin in einer sehr schwierigen Lage», begann er. «Ich hatte Ihnen doch von meinem Töchterchen erzählt? Erinnern Sie sich?»

«Es ist ihr hoffentlich nichts zugestoßen?» wollte ich wissen.

«Das nicht. Aber sie hat uns eine große Überraschung bereitet. Sie verlobt sich an Weihnachten. Mit einem meiner Mitarbeiter, einem tüchtigen jungen Mann.» Die Freude darüber stand dem Professor im Gesicht geschrieben. «Wirklich, es ist eine Überraschung, besonders für meine Frau. Sie hätte das Kind gern noch ein paar Jahre behalten.»

«Wie alt ist sie jetzt, ihre Tochter? Achtzehn? Neunzehn?» forschte meine Schwester.

«Sie wird zwanzig nächstes Jahr. Wer hätte gedacht, daß sie so früh heiraten würde?»

Kaum zu glauben, wie schnell der Professor sein Töchterchen unter die Haube bringen würde, und eine Wohnung war auch da.

«Wir wollen natürlich alles renovieren. Dann die Einrichtung. Sie verstehen? Man müßte bald anfangen.»

«Was stellen Sie sich unter ‹bald› vor?» fragte meine Schwester.

«Nun, ich möchte Sie nicht vor die Tür setzen. Aber ein bis zwei Monate im äußersten Fall müßten Ihnen für den Umzug genügen.»

Das war eine schöne Weihnachtsüberraschung für uns. Wir gingen beide auf die Dreißig zu, waren noch frei und ledig, liebten unsere Arbeit und verbrachten die Freizeit mit Reisen. Wir konnten uns nicht vorstellen, wie man mit zwanzig schon an eine feste Bindung dachte.

«Diese Tochter ist verwöhnt», sagte ich später zu meiner Schwester, «sie drückt sich vor einem Beruf.»

Obwohl die Kündigung uns sehr enttäuschte, gab es keinen Grund zur Panik. Eine große Habe belastete uns nicht, und eine Wohnung zu finden war damals kein Problem.

«Er hätte es uns nach dem Fest mitteilen können, findest du nicht?» sagte meine Schwester.

Dann kam sie wenige Tage vor Weihnachten eines Nachmittags aus der Schule nach Hause und rief: «Stell dir vor, wir haben eine Wohnung!»

«Jetzt schon?» Ich hatte mich bisher aus Zeitmangel nicht darum gekümmert, und eigentlich wollte ich die Waffen nicht so schnell strecken.

«Wir können sie uns doch mal ansehen. Morgen vielleicht? Sie ist größer, näher zur Schule und sofort beziehbar.»

Ich ahnte, wie es dazu gekommen war. Unsere herzensgute Kindergartenschwester hatte umgehend alle Register gezogen, hatte Eltern angesprochen, die in der Nähe wohnten, und sie gebeten, einmal Ausschau zu halten nach dem üblichen Schild, das man gelegentlich an Eingangstüren von Wohnhäusern fand. «Affittasi» oder «Da affittare» war da zu lesen: «Wohnung zu vermieten.» Schnell hatten eifrige Väter eine passende Wohnung entdeckt, und schon am nächsten

Tag, als wir sie angeschaut hatten, erbot sich ein hilfsbereiter Spediteur, am 23. Dezember unseren Umzug zu machen.

Eine Lawine der Hilfsbereitschaft, von der manch ein Ausländer nur träumen kann, rollte auf uns zu, denn außer für Wohnungssuche und Umzug kam noch viel Hilfe von unseren alten Nachbarn und der Hausmeisterfamilie.

Familien, die vor Weihnachten gewöhnlich für sich selbst alle Hände voll zu tun haben, widmeten uns jede freie Minute, hängten Lampen, Spiegel und Bilder ab, brachten sie in ihren Wagen in unsere neue Wohnung, wo sie alles sofort anmontierten. Am 23. Dezember hatten wir abends eine komplett eingerichtete Wohnung. Tagsüber, während wir arbeiteten, halfen Nachbarinnen beim Gardinenwaschen, und am Heiligen Abend hatten wir auch saubere Gardinen.

Mit Hilfe vieler lieber Menschen wurde der Umzug, der uns normalerweise wochenlang auf der Seele gelegen hätte, eine Angelegenheit von nicht einmal vierzehn Tagen.

«Was machen wir mit Anna?» Meine Schwester sah mich fragend an, während sie die letzten Pullover aus einem Umzugskarton nahm und im Schrank verstaute.

«Ich hole sie natürlich am Bahnhof ab», erwiderte ich.

«Ja», gab sie zu bedenken, «heute am Heiligen Abend ist es schwierig, jemanden am Bahnhof zu treffen.»

«Sie wird bestimmt wieder am ‹Schiff› auf mich warten, falls ich sie am Bahnsteig verpasse.»

In der Bahnhofshalle stand früher eine mannshohe Vitrine mit dem Modell eines Columbus-Schiffes. Für die Mailänder war es ein beliebter Treffpunkt.

«Ich konnte Anna gegenüber einfach diesen verrückten Umzug nicht erwähnen. Sie wäre bestimmt nicht gekommen.» Meine Schwester gab mir recht.

Unsere Cousine Anna lebte alleine in Süddeutschland, getrennt wie wir von ihrer Familie, Eltern und Geschwistern, die in der DDR zurückgeblieben waren. An Weihnachten kam Anna immer zu uns, und so sollte es bleiben.

Ich fuhr pünktlich zum Hauptbahnhof und postierte mich vorn an dem Bahnsteig, auf dem der Gotthard-Express einfahren sollte. Leider passierte es häufig, daß Fahrgäste auf beiden Seiten den Zug verließen, und Ausländer konnten nicht immer unterscheiden, welches die richtige Seite war. Meine Cousine befand sich nicht unter den Fahrgästen. Voller Hoffnung steuerte ich die Schiffsvitrine an. Dort hatten sich bereits einige Glückliche gefunden und umarmten sich überschwenglich, aber Anna war nicht da.

Damals fuhren Auslandsreisende oft in Kurswagen, die während der langen Fahrt an bestimmten Bahnhöfen umrangiert wurden. Da es am Heiligen Abend zusätzliche Züge gab, hingen solche Kurswagen an völlig anderen Zügen und erreichten den Zielort zu anderen Zeiten. Deshalb pendelte ich mehrmals zwischen dem Schiffsmodell und möglichen Zügen hin und her, aber nach einer Stunde war ich immer noch allein. Hatte meine Cousine mich verpaßt? War sie gar früher angekommen? Hatte sie einfach ein Taxi genommen? Der Gedanke, daß sie bereits auf dem Weg in die alte Wohnung war, beunruhigte mich. Ich verließ den Bahnhof und lenkte meinen Wagen unverzüglich in Richtung Via Palmanova.

«Ihre Cousine ist bisher nicht erschienen», begrüßte mich die Hausmeisterin.

«Sie hat nur diese Adresse. Da wir uns verfehlt haben, muß sie irgendwann hier eintreffen.» Die Nachbarn versprachen, Anna zu uns zu bringen. Inzwischen war es Mittag. Da ich nichts weiter tun konnte, fuhr ich nach Hause.

Meine Schwester hatte die Gardinen aufgehängt, und es war sehr gemütlich. Die Wohnung im fünften Stock eines etwas älteren Wohnhauses war zwar nicht auf Bella Figura ausgerichtet, aber sie hatte ein Zimmer mehr als die vorherige und dazu einen großen Balkon. Der Wohnkomplex befand sich in der Gegend von Mailand, die Adriano Celentano in seinem Lied von der «Via Gluck» verewigt hatte. Dort wohnten auch viele Deutsche.

Anna war mit einem ganz anderen Zug in Mailand eingetroffen, hatte ein Taxi genommen und kam kurz nach meiner Abfahrt vor der alten Wohnung an. Die Hausmeisterin sah sie aus dem Taxi steigen und versuchte, sie unten festzuhalten, etwa mit folgenden Worten:

«Signorina, ich habe eine wichtige Nachricht für Sie. Bleiben Sie bitte ruhig. Es hat keinen Sinn, hinaufzufahren. Wir werden Sie sofort zu Ihren Verwandten bringen. Es gab einen Umzug, einen plötzlichen Umzug.»

Anna sprach kein Italienisch. Deshalb nahm sie unbeirrt ihren Koffer und fuhr in den vierten Stock. Die Hausmeisterin rief unsere Nachbarn und schickte sie vor die leere Wohnung.

Für Anna war es ein Schock. Sie sah die leere Wohnung, und die herbeigeeilten Nachbarn redeten auf sie ein. Wieder hörte sie deutlich dieses Wort:

«Trasloco», das in deutsch Umzug bedeutet und das auf Anna bedrohlich wirkte. Was war mit ihren Cousinen passiert? Keine Brandspuren. Ein Unfall? Wieso dann die leere Wohnung? Irgendwann assoziierte Anna «Trasloco» mit Gefängnis. Waren die Möbel beschlagnahmt worden? «Etwas Unbegreifliches ist passiert», schoß es ihr durch den Kopf, «aber wieso weiß ich nichts davon?»

Sie schaute die Leute an. In ihren Gesichtern konnte sie weder Trauer noch Ärger entdecken, eher Freude und Zufriedenheit. Anna folgte einem Nachbarn nach unten und ins Auto. Sie fuhren den ganzen Weg zum Bahnhof zurück.

«Er wird mich doch nicht hier absetzen am Heiligen Abend?» dachte Anna ängstlich. Aber die Fahrt ging weiter, immer weiter, bis sie vor einem riesigen Wohnkomplex anhielten. Sie gingen nun in eins der Häuser hinein. Es war neblig geworden. Die ersten Lichter brannten, und auf den sonst geschäftigen Straßen herrschte Ruhe. Der nette Italiener trug Annas Koffer ins Haus, und die Hausmeisterin begrüßte die beiden sehr freundlich.

«Meine Cousinen sind hier vielleicht bei Freunden untergekommen, und ihre Möbel könnten gestohlen worden sein, aber was wird aus mir?» dachte Anna, während sie mit dem Mann in den fünften Stock hinauffuhr. Noch einmal hörte sie dieses Wort «Trasloco». «Ein Gefängnis ist es nicht», stellte sie erleichtert fest. Der Italiener klingelte an der Wohnungstür. Meine Schwester öffnete. Sie hatte eine Schürze umgebunden und hielt einen Teller in der Hand.

«Sie benimmt sich, als wäre sie hier zu Hause», wunderte sich Anna noch, bevor sie herzlich begrüßt wurde. Wir dankten noch einmal unserem lieben Nachbarn für all seine Hilfe und wünschten ihm «Buon Natale». Unserer Cousine zeigten wir dann unsere neue Wohnung und erklärten ihr alles.

«Ja», sagte sie schließlich, «hätte ich das gewußt, wäre ich nicht gekommen.»

«Wie schön, daß du da bist, und nun hast du sogar ein eigenes kleines Zimmer.»

«Frohe Weihnachten!» rief meine Schwester. «Das Essen ist fertig.»

«Buon Natale», sagte auch der Professor zu seiner Familie und zu seinem zukünftigen Schwiegersohn. Ein wenig enttäuscht war er schließlich doch, daß ihm im Budget zwei Monatsmieten fehlen würden, aber er konnte unverzüglich mit der Renovierung seiner Wohnung beginnen.

Der erste Tag in unserer neuen Wohnung war der Heilige Abend, und es wurde für uns ein besonders schönes Weihnachtsfest.

Rolf Schmitz

Schimmel «Bruno» – mein Wegbegleiter

1932 war das Jahr der Armut – bei sieben Millionen Arbeitslosen – und das Gedenkjahr zu Goethes 100. Todestag. Schon am Anfang des Jahres wurden die Häuser, selbst in den engen Gassen der Frankfurter Altstadt, mit Blumen und Tannengrün geschmückt. In einer der kleinsten Straßen hatten wir im 1. Stock eine kleine Dreizimmer-Wohnung und zwar «Im Tuchgaden 5». Das Treppenhaus war eng, dunkel, und in den winzigen Räumen im Zwischengeschoß waren die Toiletten.

Dieser «Tuchgaden» war das Verbindungsgäßchen zwischen der damals weltbekannten «Frankfurter Schirn» – (Fleischbank) – und der Bendergasse. Da unsere Wohnung sehr dunkel war, schaute ich als kleiner Junge, auf einem Schemel stehend, immer aus dem kleinen Wohnzimmerfenster und beobachtete das geschäftige Treiben auf der kleinen Straße. Werktäglich und immer zur gleichen Zeit wurde von einer Bäckerei, von einem vierrädigen Drückkarren, Körbe mit Broten und Brötchen, Kasten mit Torten, Kuchen und sonstigem Kleingebäck für die kleine Kaffeestube entladen. Der Zug-Mischlingshund, angeschnallt am Unterteil des Drückwagens, bekam von der Café-Besitzerin immer Wurst-Reste.

Gegenüber von unserem Wohnzimmerfenster reinigte «Tante Gertrude» ihre Wohnung täglich und wünschte mir – von Fenster zu Fenster – einen «guten Morgen». Und dann kam der Eiswagen – ein Kasten-Fuhrwerk – und brachte Stangeneis. Eine halbe Stange für die Weinstube, für das kleine Café und für das kleine Lebensmittelgeschäft. Kleinere Portionen Eis für die Wohnungen der Geschäftsleute. Dieses

Stangeneis war das Kühlmittel für die Eisschränke. Einen Kühlschrank, so wie wir ihn heute fast in jeder Küche haben, gab es damals noch nicht.

An einem schönen Frühlingsmorgen hörte ich plötzlich, zum ersten Mal, den Ausruf: «*Kartoffeln – Gemüse – Obst und Eier*», und was sah ich da ...? Ein kleines Fuhrwerk, mit einem weißen Pferd, stand in südlicher Richtung auf dem freien Platz. Sofort ging ich in die Küche und sagte zu meiner Mutter: «Mama, schau einmal, was dort steht ...» Sie schaute aus dem Fenster, nahm ihre Geldbörse, zählte ihre kleine Barschaft zusammen, nahm den großen Einkaufskorb und sagte zu mir: «Komm, wir gehen einkaufen.»

Um dieses kleine Fuhrwerk, ein offener Pritschenwagen, standen plötzlich die ganze Nachbarschaft und die Nachbarskinder. Der Kutscher, klein, schmal, aber wendig, trug auf dem Kopf eine blaue Ballonmütze, sein Gesicht war vom Wetter gezeichnet. Um seine blaue Arbeitsschürze war um den Bauch gebunden eine große Geldledertasche. Ein großer Schreibblock und ein Zimmermannsstift schauten aus der großen Ledertasche hervor.

Zuerst hielt dieser ältere Landwirt eine kurze Ansprache: «Hallo – Ihr liebe Leut' – Kinder, groß und kleine – stellt Euch erst einmal in einer Reihe ein ...» Dann hob er einen großen Korb von seinem Wagen und gab uns Kindern jedem einen schönen, roten Apfel. Ich war der Kleinste in dieser Reihe und sagte «Danke» und beugte meinen Kopf etwas nach vorne. Er streichelte, mit seiner rechten, von der Arbeit zerfurchten Hand über meinen Kopf und sagte: «Du hast genauso hellblaue Augen wie mein Enkel». Ich biß sofort in den Apfel und entfernte mich aus der Reihe, ging zu meiner Mutter, die etwas abseits bei einer Nachbarsfrau stand.

Dann ging seine Ansprache weiter: «Ich bin der Hainer Naumann, auch bekannt als ‹Opa Naumann›. Mein kleiner

Bauernhof befindet sich in einem nördlichen Vorort Frankfurts und ich biete Ihnen meine landwirtschaftlichen Produkte zu einem ‹Billig-Preis› an.» Nun sagte er die Verkaufspreise in Pfund an. Das Kilogramm-System wurde erst später eingeführt.

Weiter sagte er: «Ich komme jeden Dienstag und Freitag um die gleiche Zeit und nehme auch größere Mengen in Vorbestellung an. Na ja – und wenn Sie -», jetzt machte er eine kleine Pause, «nicht gleich zahlen können, dann schreibe ich den Betrag auf.» Zeigte auf seinen Schreibblock: «Dann geben Sie mir das Geld, wenn Sie wieder flüssig sind. Nun fangen wir an. Wer möchte der erste sein ...?»

Ohne zu drängeln begann der Verkauf. Große, kleine und kleinste Mengen Kartoffeln, Gemüse, Obst und Eier wurden gekauft. Zuletzt kam meine Mutter an die Reihe. Opa Naumann wog großzügig. Seine große Ledergeldtasche war durch die kleinen Münzstücke auf einmal prallvoll.

Was mir besonders auffiel, waren die Gewichte der Waage. Die kleinen Gewichte waren «goldfarbig» – also aus Messing – und die großen waren «schwarz» und aus Eisen.

«Darf ich das weiße Pferd einmal streicheln?» kam plötzlich aus meinem Mund. «Du darfst selbstverständlich – Bruno – streicheln», war seine Antwort. Er hob mich hoch, und meine kleinen Händchen glitten über Brunos Hals. Es war ein schönes, zartes Gefühl.

Dann sagte er zu mir: «Ein weißes Pferd ist ein Schimmel, und ‹Bruno› ist ein alter, weißer arabischer Vollbluthengst. Ich habe ihn vor längerer Zeit ersteigert, sonst wäre er», jetzt sagte er es in einem gedämpften Ton, «zum Pferdemetzger gekommen. Er ist sehr willig, treu, ruhig und hat Kinder gerne.» Und das war meine erste Begegnung mit meinem Schimmel «Bruno».

Von nun an wartete ich – dienstags und freitags – ungeduldig am Wohnzimmerfenster auf die Ankunft von «Bruno». Es war Liebe auf den ersten Blick. Kaum rannte ich aus der Haustür, rief ich schon «Bruno». Er neigte seinen Kopf in meine Richtung. Und wenn ich vor ihm stand – er so groß und ich so klein –, dann ging sein Kopf von unten nach oben, als wollte er sagen: «Ich freue mich, daß du wieder da bist.» Oder er schlug mit seinem rechten Huf auf den Boden. Ein paar Mal setzte mich «Opa Naumann» auf Brunos Rücken. Ich hatte keine Angst vor der Höhe und war der glücklichste Junge. Diese Freundschaft mit «Bruno» war inzwischen in der ganzen Nachbarschaft bekannt.

Doch nur einmal hatte ich mit meinem Schimmel «Bruno» ein nicht gerade angenehmes Erlebnis. Es war an einem heißen Augusttag. Ich ging einmal seitlich ganz nah an Bruno vorbei, und plötzlich kam seine flüssige Entsorgung. Dabei wurde ich durch seinen Urin «etwas» naß, und alle lachten. Ich aber schimpfte mit Bruno. So etwas macht man unter Freunden nicht. Er aber schaute mich nur traurig an. Zu Hause wurde ich gleich in die Badewanne gesteckt. Aber den Geruch von Bruno hatte ich noch jahrelang in meiner Nase ...

Die Wochen vergingen, die Monate vergingen ... «Opa Naumann» hatte sich durch seine hilfsbereite Art schnell Dauerkunden erworben. Ja, selbst Gastwirte und kleine Lebensmittelhändler kauften bei «Opa Naumann» zum Sonderpreis ein.

Es muß so im Oktober 1932 gewesen sein, plötzlich kam «Opa Naumann» nicht mehr. Mit feuchten Augen wartete ich ungeduldig am Fenster ... Wann kommt endlich wieder mein «Bruno». Tante Gertrude, von gegenüber, sagte mir zwar wie immer «guten Morgen», aber mit einem traurigen Gesicht.

Später ging ich einmal zu dem Platz, wo mein Bruno mit seinem Fuhrwerk stand. Ich schaute mich um und mußte weinen. Auf einmal kam die Wirtsfrau von der gegenüberliegenden Weinstube und sagte: «Rölfche, nicht weinen, dein ‹Bruno› kommt leider nicht mehr, er ist im Pferdehimmel. Auf einer großen Wiese frißt er jetzt saftiges Gras und spielt mit seinen Artgenossen.» – «Und wenn Schnee liegt», war meine Antwort. «Dann kommen alle Pferde in einen großen, warmen Stall. ‹Bruno› kann sich jetzt ausruhen und braucht keine schwere Lasten mehr ziehen.» – «... und Opa Naumann?» – «Na, ja, Opa Naumann ist auch schon etwas älter und kann die schweren Kartoffelsäcke nicht mehr tragen. Er lebt jetzt, mit seiner Frau, glücklich im Altenteil auf ihrem Bauernhof.» So wurde ich getröstet. Tagelang war ich sehr traurig ... Ich hatte einen treuen Freund verloren ...

Und dann kam ich in einen sehr strengen Kindergarten, ganz in der Nähe unserer Wohnung. Doch eines Tages, auf dem Rückweg vom Kindergarten nach Hause, kam ich durch einen kleinen Umweg an einem Spielzeugladen – ganz in der Nähe vom Frankfurter Dom – vorbei. Es war schon in der Vorweihnachtszeit, und viele Schaulustige standen immer vor dem Spielwarengeshäft. Im linken Schaufenster waren die Puppen, je nach Fabrikat und Größe, Puppenkleidung, Puppenwagen, Puppenküche, Handarbeitszubehör und Mädchenfahrräder in jeder Größe. Im rechten Schaufenster waren die Spielsachen für die Jungen – groß und klein – Eisenbahnen aus Metall und Holz, Dampfmaschinen und dazu das drehende Zubehör, Baukästen, Würfelspiele, Holz- und Metallroller, Roll- und Schlittschuhe, Schlitten jeder Art und sonstige Holzfiguren.

Doch plötzlich im rechten Regal in der dritten Reihe, was sahen da meine Augen? Da stand aus Holz mein Schimmel «Bruno» nur auf einem roten Brettchen mit 4 Holzrädern und der gleiche Pritschenwagen, Form, Art und Farbe, wie ihn «Opa Naumann» hatte. Ich drückte mir die Nase platt und meine Händchen klebten an der Schaufensterscheibe. Nun war mein «Bruno» wieder da. Nur etwas jünger. Mit Freude ging ich nach Hause und sagte: «Ich habe ‹Bruno› wiedergefunden.» Meine Eltern schauten sich nur gegenseitig an und meine Mutter fragte: «Wo hast du ‹Bruno› gesehen?» – «Ei, im Spielzeugladen am Dom», war meine Antwort. Und noch heute sehe ich meinen Vater vor mir, mit einem traurigen Gesicht.

Er wußte, daß er meinen Weihnachtswunsch nicht erfüllen konnte, denn er war seit 1930 arbeitslos. Das alles habe ich damals nicht verstanden.

Und dann kam der Heilige Abend. Es gab kein weihnachtliches Essen. Es wurde Linsensuppe mit Würstchen serviert. Später ging die Wohnzimmertür auf, der Weihnachtsbaum war wunderbar geschmückt, die bunten Kerzen brannten, es war feierlich. Ich trug das im Kindergarten erlernte Gedicht vor: «Der Schnee war weiß, der Schnee war kalt. Christkind kommt aus dem Winterwald.»

Meine Weihnachtsgeschenke waren ein Paar selbstgestrickte Fingerhandschuhe, zwei Paar selbstgestrickte Kniestrümpfe (Die später immer so juckten ...) und zwei selbstgenähte Hemden (ohne Kragen) und ein Teller von Süssigkeiten. Vergeblich suchte ich unter dem Weihnachtsbaum mein erwartetes Holzfuhrwerk mit «Bruno», aus dem Spielzeuggeschäft. Keine Spielsachen ... Ich war sehr traurig, ging zum Wohnzimmerfenster, schaute rüber zu dem Platz, wo das Fuhrwerk von «Opa Naumann» immer stand ... Und plötzlich hatte ich keine Bindung mehr zum Weihnachtsfest. Kurze Zeit später ging ich freiwillig ins Bett. Ich hatte ja nichts zum Spielen ... Mit meinem langen Nachthemd und mit den angezogenen Fingerhandschuhen ging ich schlafen. Aber so gegen 22.00 Uhr wurde ich von meinem Vater ganz sanft geweckt.

Er sagte: «Gehe doch einmal zur Wohnungstür. Das Christkind war noch einmal da.» Zuerst wollte ich nicht, was sollte mir das Christkind jetzt noch bringen. Doch dann ging ich langsam, noch etwas verschlafen, zur geöffneten Wohnungstür. Das Treppenhaus war dunkel. Doch plötzlich ging das Treppenhauslicht an und was sah ich da ... Jetzt wurde ich hellwach. Auf dem Treppenabsatz stand das Fuhrgespann aus dem Spielzeugladen. Der Pritschewagen war voller Süssigkeiten, aber von der besten Qualität. War das eine Freude. Ich schrie laut: «Bruno». Vor lauter Aufregung konnte ich das Gespann nicht aufheben. Mein Vater trug es ins Wohnzimmer. Auf dem Wohnzimmerboden spielte ich so lange, bis ich am Boden einschlief.

Einen Tag später, beim Frühstück, erzählten mir meine Eltern, daß die Überbringer, da das Christkind überlastet war, die Eheleute von der Weinstube, mir das Fuhrwerk vor die Wohnungstür gelegt haben. Wir sind heute am 1. Weihnachtsfeiertag, dort zum Kaffee eingeladen worden. Man zog mir meinen feinen Sonntagsanzug, mit Halsschleife, an und mein «Dankeschön» mit einem «Diener» wurde vorher fleißig geübt, was auch später gut geklappt hatte. Die Wirtin sagte dann: «Weißt du, liebes Rölfchen, ich habe dem Christkind erzählt, daß du den Schimmel ‹Bruno› vom Opa Naumann so ins Herz geschlossen hast und er jetzt nicht mehr kommen kann. Tante Gertrude und ich sahen dich schon öfters, wie du vor dem Spielzeuggeschäft gestanden hast. Da hatte das Christkind ein Einsehen gehabt und dir einen ‹Ersatz-Bruno› geschickt. Zwar etwas verspätet, weil ja unser Christkind gestern so viel zu tun hatte.»

Ich konnte nur sagen: «Danke, Christkind, danke, liebe Tante, danke, lieber Onkel.» Alle waren sehr ergriffen. Anschließend küßte sie mich auf beide Wangen und ihre Augen wurden feucht. Auch er drückte mich sehr fest. Eine kleine

Träne rollte bei ihm nur so herunter. Ein weiteres «Dankeschön» an Tante Gertrude erfolgte später beim Kaffeetrinken bei uns.

Später habe ich erfahren, daß dieses kinderlose Ehepaar und Tante Gertrude alle Jahr zum Weihnachtsfest Kindern, deren Väter längere Zeit arbeitslos waren, Spielsachen zum Sonderpreis im Spielzeugladen am Dom kauften und entsprechend am «Heiligen Abend» verteilten.

Am 2. Weihnachtsfeiertag wurde unsere kleine Küche zur Werkstatt. Mein Vater baute mir aus alten Kartons einen Pferdestall, einen Abstellplatz für das Fuhrwerk, eine Lagerhalle und ein kleines Wohnhaus mit einem großen Garten. Es wurde gemessen, geschnitten, geklebt und gemalt. Über den Lagerhalleneingang wurde dann folgende Beschriftung angebracht. «Gärtnerei Rolf Schmitz, Telefon-Nr. 333». Ich war überglücklich ... durch Menschen, die in der Not geholfen haben ...

Alles, was mir einmal «Opa Naumann» erzählt hatte, machte ich jetzt symbolisch nach. Schaffte meine selbstgezogenen gärtnerischen Produkte in meine Lagerhalle. Dann habe ich meinen Pritschenwagen beladen. Spannte meinen «Bruno» ein und «Trapp» ging es in die Stadt zum «Verkaufen».

«Opa Naumanns» Pfund- und Stückpreise waren wie folgt: ein Knickei = 1,5 Pfg., 10 Stück = 13 Pfg., ein normales Ei = 7 Pfg., 10 Stück = 60 Pfg., Weiß-, Rotkohl und Wirsing = 5 Pfg., Zwiebeln = 10 Pfg., Tomaten und Rosenkohl = 18 Pfg., ein Blumenkohl = 20 – 25 Pfg., usw.

Nur mit den drei Prozent Rabatt konnte ich noch nichts anfangen. Damals bekam man beim Bezahlen beim Kaufmann, für eine bestimmte Ware – entsprechend vom Einkaufspreis – drei Prozent Rabattmarken. Diese kleinen Rabattmärkchen klebte man dann auf eine bestimmte Rabattkarte. Wenn die 50.-RM-Karte voll geklebt war, bekam man vom gleichen Kaufmann 1,50 RM.

Im Sommer 1933 bekamen wir plötzlich im östlichen Teil Frankfurts eine neue, schöne Wohnung. Es war ein trauriger Abschied von den lieben Nachbarn. Aber die freundschaftlichen Beziehungen blieben bestehen bis zum grausamen Ende.

Die Räume unserer neuen Wohnung waren groß und hell. Im Kinderzimmer hatte ich am Fenster meinen eigenen Spiel- und Schreibtisch, eigene Regale für meine Spielsachen und für die Kinder- und Schulbücher. Das spielerische Interesse am symbolischen Verkauf von meiner Kinder-Gärtnerei hatte langsam nachgelassen. Zuletzt hatte ich nur noch meinen Holz-Schimmel «Bruno», und dieser hatte seinen Stammplatz auf meinem Schreibtisch.

Dann kam ich in die Schule und mußte Hausaufgaben machen; was nicht immer leicht war, und mein «Bruno» schaute immer zu. Später bei einem schwierigen Aufsatz-Schreiben rollte mir einmal «Bruno» vom Tisch. Oje, dabei gingen zwei Holzräder entzwei, und Bruno brach sich das rechte Bein. Schnell wurde das Bein wieder zusammengeklebt und mit einer kleinen Verbandsbinde versehen. Die restlichen zwei Räder montierte ich ab; nun stand «Bruno» nur noch auf dem kleinen Brettchen.

Im Laufe der Zeit und durch den Sonnenschein wurde Bruno gräulich und die Farbe blätterte schon etwas ab. Dann kam der Zweite Weltkrieg und laufend Fliegeralarm, und ich konnte Bruno ja nicht in den Luftschutzkeller mitnehmen. «Bruno» war mein Liebling und hatte mit mir schon zwölfmal Weihnachten – einschließlich fünf Kriegsweihnachten – erlebt. Das zwölfte Weihnachtsfest sollte leider das letzte sein.

Und dann kam der 29. Januar 1944; vormittags wurde die

Frankfurter Innenstadt von den amerikanischen Bombern schwer angegriffen. Auch unser Wohnhaus wurde durch eine Sprengbombe und durch Brandbomben zerstört. Da ich diesen Luftangriff ganz in der Nähe unseres Hauses erlebte, merkte ich bei der Ankunft, daß alle unsere Hausbewohner – auch meine Mutter – im Luftschutzkeller, im Hinterhaus, eingeschlossen waren.

Die schwere Hof-Kellertür, die nach außen ging, war mit Trümmersteinen verschüttet. Nur mit Mühe und Not, mit letzter Kraft und mit einigen Blessuren entfernte ich den größten Teil der Schuttmassen. Alle unsere Hausbewohner, alte Männer, Frauen und Kinder, konnte ich somit, durch ein Trümmerloch, aus dem ehemaligen Luftschutzkeller befreien. Es mußte alles sehr schnell gehen, denn die Flammen schlugen uns bereits von allen Seiten entgegen.

Gegen Abend saß ich dann am Bürgersteigrand gegenüber von unserem Wohnhaus. Ich hatte Hautabschürfungen an beiden Händen. Mein rechtes Hosenbein war aufgerissen, der Notverband am rechten Unterschenkel war blutigrot, die linke Hand geschwollen, die Augen rot unterlaufen, die Kleidung und die Schuhe zerfetzt, angebrannt, überall Brandwunden – meine Narben sind heute noch sichtbar geschockt, Hustenanfälle.

Unser Wohnhaus brannte jetzt lichterloh, umd mein langjähriger Freund, mein Holzpferd «Bruno», kam in den Flammen um. Ich hatte keine Tränen mehr zum Weinen. Die Augen brannten. Wir hatten alles verloren, aber wir waren froh, daß wir noch am Leben waren.

Später erfuhr ich, daß auch unsere lieben Nachbarn, die mir an Weihnachten 1932 das Holz-Fuhrgespann schenkten, beim Bombenangriff auf Frankfurt a. M., am 18. März 1944, selbst Opfer der Flammen wurden.

Immer wenn ich zu Weihnachten in einen Lichterbaum

schaue, gedenke ich ehrenvoll und dankbar all der Mitmenschen, die mir in meiner Kindheit, in Not, geholfen haben. Ich sehe u. a. noch vor mir den Schimmel «Bruno» von Opa Naumann, mein Holzpferd «Bruno», Tante Gertrude und das Ehepaar von der Weinstube vom Krautmarkt. Ihr alle werdet immer in meinem Gedächtnis bleiben – als meine guten, sehr guten – Lebenswegbegleiter –

Lisa Bornholdt

Der Weihnachtswunsch

Es war im Jahre 1943. Das Weihnachtsfest stand vor der Tür, und auch ich hatte meinen Wunsch beim Christkind angemeldet. Es sollten Möbel für meine Puppenstube sein. Es war das vierte Kriegsjahr und mein Vater war an der Front. Meine Mutter hatte es nicht leicht mit uns. Der Hunger war groß und auch die Not. Mein älterer Bruder hatte auch einen Wunschzettel geschrieben, was meiner Mutter sicher so manch schlaflose Nacht kostete. Zu kaufen gab es nichts und schon gar keine Spielsachen. So begrub ich also meinen Wunsch, wenn auch mit traurigem Herzen.

Der 24. Dezember rückte immer näher. Und dann war er plötzlich da, der Heilige Abend. Am Tannenbaum brannten sogar ein paar Wehrmachtskerzen und es lagen auch einige Geschenke darunter. Für mich ein großes Päckchen, welches ich mit klopfendem Herzen sofort öffnete. Nie im Leben werde ich vergessen, was daraus zum Vorschein kam: neue Puppenmöbel! Ein Wohnzimmer und auch ein Schlafzimmer. Alles war wunderschön aus hellem Holz und von Hand gearbeitet. Das kleine Büfett hatte es mir besonders angetan. Ich war grenzenlos glücklich und meiner Mutter sehr dankbar.

Mein Bruder hatte ein paar Stiefel aus der Tauschzentrale bekommen, die er sich gewünscht hatte.

Später erzählte meine Mutter dann, wie sie die Möbel beschafft hatte. In Lübeck hatte sie eine Freundin wohnen; für uns war sie die Tante Grete. Sie hatte einen Mann, der gut tischlern konnte. Holz jedoch gab es nicht, und so opferte er ein Bord aus seinem Kleiderschrank. Daraus fertigte er meine Puppenmöbel. Das Büfett hatte sogar Türen aus Plexiglas. Wie er später erzählte, war dieses Glas aus der Kanzel eines abgeschossenen Flugzeugs.

Mit den Möbeln habe nicht nur ich gespielt, auch meine Tochter und Enkeltochter hatten ihre Freude daran. Immer noch sehen sie schön aus – und das nach 55 Jahren. Jetzt haben sie einen Ehrenplatz, hinter Glas, im alten Büfett meiner verstorbenen Mutter gefunden. Noch immer hänge ich mit großer Liebe daran. Vielleicht stelle ich sie einmal aus, zu Weihnachten. Hergeben würde ich sie jedoch um keinen Preis.

Doris Becker

Heimkehr

Fast geräuschlos glitt der letzte Nachtzug aus der Halle. Der Bahnsteig war leer, bis auf einen einzelnen Mann. Er hatte sich eine Zigarette angezündet und starrte dem Zug nach, dessen rote Schlußlichter rasch kleiner wurden. Wernigerode, seine Heimatstadt. «Fünfzig Jahre war ich nicht mehr hier», stellte er fest. Er nahm seine Reisetasche und durchschritt langsam das Bahnhofsgebäude. Jede Einzelheit sog er begierig in sich auf, aus Angst, er könnte etwas übersehen. Ein wunderbares Gefühl überkam ihn, als er vor dem Gebäude stand und die liebevoll restaurierten Fachwerkhäuser auf der anderen Straßenseite sah. Neugierig richtete er seinen Blick zum Berg hinauf, und in der Dunkelheit erkannte er das im warmen Licht angestrahlte Schloß.

«Wunderschön, nichts hat sich in all den Jahren verändert», freute er sich. Eisiger Wind blies ihm ins Gesicht, und starkes Schneetreiben hatte eingesetzt. «Ich muß mir noch ein Hotelzimmer suchen», überlegte er und ging in die Stadt.

Auf dem Marktplatz, vor dem historischen Rathaus, war ein kleiner Weihnachtsmarkt aufgebaut. Er verspürte großen Hunger und bestellte sich eine Erbsensuppe aus der Gulaschkanone, die verlockend duftete. Gestärkt und zufrieden rieb er sich die kalten Hände und beschloß, einen Glühwein zu trinken. Der Stand war von vielen Menschen belagert, und er versuchte sich zur Theke vorzuarbeiten.

«Hallo», jemand klopfte ihm auf die Schulter, «kennen wir uns nicht?» Er drehte sich erstaunt um und wollte gerade sagen: «Bestimmt nicht, ich bin gerade mit dem Zug angekommen», als er sich plötzlich sagen hörte: «Paul?» – «Ja, und du bist Klaus, Klaus Müller, habe ich recht?» Klaus war sprachlos und blickte Paul ungläubig an. «Ich kann es nicht fassen, fünfzig Jahre haben wir uns nicht gesehen, und dennoch hast du mich wiedererkannt?» – «Ja, du hast dich eben nicht sehr verändert», spöttelte Paul und gab ihm noch einen kräftigen Klaps. «Ich wollte gerade einen Glühwein holen, komm, ich lade dich ein, und dann erzähl mal, was du die ganzen Jahre gemacht hast.»

Er schob sich durch die Menschen hindurch und erschien bald darauf mit zwei Bechern dampfenden Glühweins. Paul strahlte Klaus an und reichte ihm einen. «Ich kann es immer noch nicht fassen, so ein Zufall. Weißt du was, wenn wir ausgetrunken haben, gehen wir zu mir nach Hause.» – «Gerne», auch Klaus freute sich, seinen alten Schulfreund wieder getroffen zu haben.

«Kennst du ein gutes Hotel, Paul? Ich möchte mich erst etwas frisch machen und die Taschen abstellen.» – «Na klar, alter Junge, kein Problem, das haben wir schnell erledigt. Aber sag mal, warum willst du in ein Hotel gehen? Tante Lisa wohnt doch in deinem Elternhaus, und die ist ganz alleine.» – «Tante Lisa, die treue Seele», murmelte Klaus, und ihm gingen unzählige Erinnerungen durch den Kopf. «Du hast recht, laß uns zu ihr gehen.»

Klaus war ganz aufgeregt. «Wie mag sie heute aussehen? Vielleicht erkennt sie mich nicht wieder und läßt mich nicht ins Haus», überlegte er.

Paul sah ihn von der Seite an und grinste. «Findest du den Weg dorthin, Klaus?» – «Ja», sagte er, «mir ist, als ob ich nie fort war.» – «Dann laß uns gehen.»

Das Schneetreiben hatte aufgehört, und die Freunde gingen schweigend den kleinen Hang hinauf. Klaus blieb stehen, zeigte mit ausgestrecktem Arm auf ein Haus und sagte zu Paul: «Das ist mein Elternhaus.» – «Tante Lisa ist sogar da», bemerkte Paul, «im Wohnzimmer brennt Licht.»

Der kurze Weg und die wenigen Stufen bis zur Haustür kamen Klaus wie eine Ewigkeit vor. Mit klopfendem Herzen stand er da und klingelte. Es dauerte eine Weile, bis im Flur das Licht anging und langsame, schlurfende Schritte näher kamen. Die Tür wurde einen kleinen Spaltbreit geöffnet, und Klaus hörte die vertraute Stimme seiner Tante Lisa fragen: «Wer ist da?»

«Tante Lisa, ich bin es, der Klaus.» Stille! Die Tür wurde geschlossen, und Klaus blickte Paul fragend an. Bevor er etwas sagen konnte, wurde die Kette vom Sicherheitsschloß geschoben, und Tante Lisa machte die Tür weit auf. Sie kniff die Augen zusammen, um sich in der Dunkelheit besser orientieren zu können, und blickte zweifelnd die beiden Männer, die vor ihr standen, an.

«Wahrhaftig», Tante Lisa war sichtlich gerührt, «Klaus.»

«Dürfen wir hereinkommen, Tante Lisa?»

Erschrocken trat sie zur Seite und stammelte: «Entschuldigung, aber mit dir habe ich nicht gerechnet. Bitte, kommt herein.»

Klaus und Paul brachten ihre Mäntel in die Garderobe und gingen ins Wohnzimmer. Auf dem Tisch brannten die vier Kerzen des Adventskranzes, und im Kamin loderte ein Feuer.

«Kinder, nehmt Platz, ich hole uns eine Flasche Wein, dieser Tag muß gefeiert werden.»

«Tante Lisa, langsam», rief Klaus, «ich bin heute erst in Wernigerode angekommen.»

«Macht nichts, mein Junge», Tante Lisa lächelte ihn an und stellte eine Flasche Wein auf den Tisch. Sie füllte die Gläser, und mit leichtem Vorwurf in der Stimme sagte sie: «Warum hast du dich die ganzen Jahre nicht gemeldet?»

Klaus blickte sie erstaunt an: «Ich hatte dir viele Briefe geschrieben, aber keine Antwort bekommen.» Nachdenklich fügte er hinzu: «Es ging aber auch alles drunter und drüber, in der Zeit. Die Eltern haben den Krieg nicht überlebt, sie sind in den letzten Kriegstagen noch umgekommen. Viele junge Leute sind damals ausgewandert, um in Kanada ihr Glück zu machen. Ich auch. Jede Arbeit habe ich angenommen; Teller im Hotel gewaschen, Kegel aufgestellt und Häuser gebaut.» Er holte tief Luft: «Es war nicht leicht, dennoch war es eine schöne Zeit, mit vielen Höhen und Tiefen, wie überall. Aber weißt du, wenn man älter wird, zieht es einen wieder nach Hause, und nun bin ich wieder in Deutschland.»

«Das ist schön», Tante Lisa streichelte Klaus die Hand, «daß ich das noch erleben darf. Du hast dir hoffentlich viel Zeit mitgebracht und fährst nicht so schnell wieder fort.»

«Wenn du willst, bleibe ich für immer hier.»

Tante Lisa blickte zu Paul hinüber, der der Unterhaltung

still gefolgt war. «Du hast mir das schönste Weihnachtsgeschenk gemacht, was ein Mensch bekommen kann, Paul.» Tränen der Freude standen in ihren Augen. Sie ging zu ihm und nahm ihn überglücklich in die Arme.

Bis tief in die Nacht blieben die Freunde mit der Tante am Kamin sitzen, denn sie hatten sich so viel zu erzählen.

Wolfgang Müller

Die Geschichte vom Christbaum, andem man schon mal gesungen hatte …

Weihnachten in der Nachkriegszeit, viele erinnern sich noch daran: Trümmer, Armut, Elend, Kälte, der Kampf um das tägliche Überleben, Sorge um Familienmitglieder, die noch in Gefangenschaft waren, versprengte Familien. Und dennoch, überall versuchte man mit bescheidenen Mitteln dem Weihnachtsfest ein wenig Glanz zu verleihen. Kleine Geschenke, nichts Besonderes, eher etwas Alltägliches, Besuche bei Freunden und Verwandten und natürlich – ein Weihnachtsbaum. In Ermangelung von Kerzen wurden oft Wachsreste geschmolzen, ein Faden diente als Docht, statt Lametta wurden kunstvoll Streifen aus Stanniolpapier geschnitten. Meist war es ein bescheidenes Fest, aber trotz aller materiellen Sorgen ein Fest, an dem nach den furchtbaren Jahren des Krieges der Frieden wirklich über das Land gekommen war.

An ein solches Fest erinnere ich mich noch genau, ich war damals sieben oder acht Jahre alt. Besonders erinnere ich mich an unser kleines Weihnachtsbäumchen, das zwar bescheiden war, für mich aber das schönste Bäumchen auf der ganzen

Welt bedeutete. Am 2. Weihnachtstag machten wir einen Besuch bei Verwandten in der Kölner Innenstadt. Sie waren wenige Wochen vorher aus der Ostzone gekommen und bewohnten zwei kleine Zimmer. Ihr ganzes Hab und Gut bestand aus dem, was man in einigen Koffern verstauen konnte. Ich freute mich schon sehr auf diesen Besuch. Zu einer Zeit, als es noch kein Fernsehen gab und der Besitz eines Radios etwas Besonderes war, waren Besuche und Gespräche eine wilkommene Abwechslung.

Voller Spannung betrat ich das Wohnzimmer meiner Verwandten und wurde furchtbar enttäuscht: Tante Mia, Onkel Karl und Vetter Klaus hatten keinen Weihnachtsbaum!

In den kommenden Tagen ging mir dies nicht mehr aus dem Sinn. Eines Tages spielten wir zu mehreren Kindern in den Trümmern – was übrigens nicht ungefährlich war –, als plötzlich eine Frau aus einem Nachbarhaus ein Fenster öffnete und – man würde heute sagen: ihren Weihnachtsbaum entsorgte, indem sie ihn im hohen Bogen in die Trümmer warf. Blitzschnell kam mir ein Gedanke: Das könnte, wenn auch verspätet, noch ein Bäumchen für meine Verwandten sein!

Ich machte mich mit dem Bäumchen auf den Weg von einem Vorort in der Kölner Südstadt in die Innenstadt. Die Leute werden mich sicher erstaunt angeschaut haben, denn es war wenige Tage vor Silvester. Die Klingel zur Wohnung meiner Verwandten funktionierte noch, ebenso der Türöffner. Als sich die Haustür öffnete, rief ich laut durch das ganze Haus: «Tante Mia, Onkel Karl, ich habe einen Weihnachtsbaum für euch, da ist zwar schon mal dran gesungen worden, ansonsten ist er aber noch prima in Schuß!»

Kurze Zeit später standen wir dann im Wohnzimmer im Kreis um den Weihnachtsbaum. In Ermangelung eines Christbaumständers hatte Tante Mia einen Putzeimer mit Wasser gefüllt. Am hellen Nachmittag sangen wir kurz vor

Silvester das Lied von der Heiligen Nacht. Ich erinnere mich noch, daß an einem Zweig noch ein Lamettafaden hing, Tante Mia wischte sich verstohlen ein paar Tränen ab. Ich aber war überglücklich, daß Klaus und seine Eltern nun doch noch richtig Weihnachten feiern konnten.

Es folgten die Jahre des Wiederaufbaus, das Wirtschaftswunder begann. Schon viele Wochen vor Weihnachten lagen in den Briefkästen und Zeitungen bunte Prospekte mit vielen Geschenkideen. Unter dem Weihachtsbaum fand man Berge von wunderschön verpackten Überraschungen, die nach Weihnachten jedoch oft wieder umgetauscht wurden, weil sie nicht gefielen oder weil sie doppelt verschenkt worden waren.

Und der Weihnachtsbaum? Fünfzig Jahre später hat bei vielen Familien ein Baum Einzug gehalten, mit dem sich mein Bäumchen von damals nicht messen kann; ein Baum, der zwar keinen Harzgeruch verbreitet, der aber auch nach Wochen noch keine Nadeln verliert. Er muß nicht entsorgt werden, im Gegenteil, man kann ihn Jahr für Jahr wieder benutzen. Im übrigen sieht er einem echten Tannenbaum zum Verwechseln ähnlich.

Geschmückt wird er mit Kerzen und Lichterketten, die in den schönsten Farben erstrahlen. Die elektrischen Zuleitungen verlaufen unter den Ästen, und auch der Stecker in der Steckdose ist nicht zu sehen. Zu einem solchen Baum passen natürlich keine Kerzen, die man mühsam aus Kerzenresten mit viel Liebe neu gegossen hat.

Wenn in unserem Haus in der dunklen Zeit die Lichter angesteckt werden und der Weihnachtsschmuck vom Speicher geholt wird, erzählen wir uns gerne die Geschichte, die vor langer Zeit im zerstörten Köln spielte und von einem Christbaum handelte, an dem man schon mal gesungen hatte …

Günter Thomas

Nele, Lara – und die Weihnachtsgeschichte!

Am Ende der Adventszeit besuchen Nele (4 ½) und Lara (4) Oma und Opa. Übrigens, der Zusatz ½ hinter Cousine Neles 4 ist wichtig, denn die junge Dame legt großen Wert darauf und betont dieses «Extra» immer wieder. In den Kindergärten wurden Krippenspiele aufgeführt und am Heiligabend haben die Mädchen in der Kirche ein weiteres Krippenspiel aufmerksam verfolgt. Auch die Weihnachtsgeschichte wurde mit Interesse aufgenommen. Marias und Josefs beschwerliche Wanderung zur Volkszählung fanden sie spannend; so richtig vorstellen konnten sie sich den Marsch allerdings nicht. Nele und Lara reisten mit dem Auto oder dem Zug – und zum Vergnügen bei schönem Wetter als Copilotin auf dem Fahrrad der Eltern oder Großeltern.

Und Maria war schwanger! Das beeindruckte sie zutiefst. Ihr Erstaunen und die Freude steigerten sich noch beim Bericht über die Geburt des Jesuskindes im Stalle mit den Engeln, den herbeieilenden staunenden Hirten und den eilig herangaloppierenden Heiligen Drei Königen. Daß das große Ereignis im Stalle geschah, fanden sie gar nicht schlimm; im Gegenteil, hatte doch die mit Heu und Stroh so heimelig ausgepolsterte Krippe Ähnlichkeit mit einer richtigen Wiege. Ja, und die Tiere im Stall: Ochs und Esel, Schaf und Lamm, Ente, Huhn und Taube – soviel Lebendiges zum Anfassen – einfach toll!

Abends, gemeinsam im großen Bett in dem Kinderzimmer, das schon ihre Mütter in den Mädchenjahren bewohnt hatten, betreuten sie ihre neuen Puppen. So glücklich sie auch waren, muß sie doch noch die Weihnachtsgeschichte sehr bewegt haben. Nach allerlei Pflegeaktivitäten und puppenmütterlichen Ermahnungen erklärte Lara (4): «Meine Puppe muß jetzt ganz lieb sein. Mir geht es nicht so gut, ich bin nämlich etwas schwanger.»

«Aber ... aber ...», brachte sich Nele eifrig ein, «aber meine Püppi muß auch ganz lieb sein, mir geht es auch nicht gut, aber ... ich bin 4½ und noch etwas schwängerer.»

Seufzer Lara.

Seufzer Nele.

Dann beide wie aus einem Munde: «Wie gut, daß wir bei Oma sind.»

Danach trat Stille ein, Schlummerstille.

Lotte Schenck-Born

Der Kosak Koschky

Man schrieb das Jahr 1812. Napoleons russischer Feldzug war gescheitert. Durch weite Schneewüsten über gefrorene Flüsse irrten verzweifelte Menschen, zerlumpte, halb verhungerte Gestalten, oft von Fieber durchschauert. Das waren die Reste der einst unbesiegbaren Armee Napoleons. Durch Deutschland nach Frankreich ging der Jammerzug.

Es war an einem Sonntag. Im westfälischen Land lag tief verschneit in der Morgensonne das Städtchen Bramsche. In manchem Garten lehnte schon der Christbaum am Zaun und wartete wie groß und klein auf das Weihnachtsfest. Draußen vor der Stadt tollte eine lustige Schar von Buben und Mädchen. Doch jäh wurde die fröhliche Schneeballschlacht beendet. In der Ferne tauchte eine Reiterschar auf, die sich schnell näherte. Die erstaunten Kinder sahen dunkle, wilde Gestalten auf kleinen Pferden vorbeisprengen, und schon hörten sie das dumpfe Klappern der Hufe auf der Holzbrücke. Die Abteilung jagte ins Städtchen, voller Neugier rannten die Kinder hinterher. Der Schreckensruf: «Die Kosaken kommen!» schallte ihnen entgegen. Vor dem Rathaus machten die Reiter halt. «Absitzen!» befahl der Anführer, «hier Einquartierung!» Die kleine Abteilung war nur die Vorhut, und bald folgte ein langer Troß. Es waren unruhige Zeiten, der Bürger mußte sich fügen.

Mitten im Städtchen stand das alte «Gärtnersche Haus». Mein Urgroßvater war gerade ein Kerlchen von ungefähr acht Jahren, und sein Vater, der Leggeinspektor*, hatte außer Rudolf noch sechs kräftige rotbackige Kinder. Die Mutter, die stattliche Frau Lisette, versorgte mit einigen Mägden den großen Haushalt.

Es war am Tag nach dem Einzug der Russen. Schon den ganzen Morgen herrschte starkes Schneetreiben, eisig blies der Ostwind. Mollig warm war es in der Stube bei Gärtners. Die Mutter hatte gerade zu Tisch gerufen, als es an die Haustür klopfte. Frau Lisette erbleichte: «Es wird doch kein Russe sein?» rief sie erregt. Der Vater beruhigte alle, die kleineren Kinder begannen schon zu weinen: «Nein, nein, die haben ihre Quartiere, und wir müssen froh sein, daß wir mit den vielen Kindern und Frauen im Haus diesmal verschont geblieben sind.» Mit diesen Worten stand er auf und ging hinunter zur Haustür.

Es klopfte wieder, diesmal heftiger. Das war nicht das bekannte Klopfen des Nachbarn, Freund Radecke, er hatte sich getäuscht. Hastig riß er die Tür auf. An der Hauswand lehnte ein Mann in ein dunkles Cape gehüllt, den Kopf mit einer hohen Pelzmütze bedeckt. Neben ihm scharrte ein kleines Pferdchen ungeduldig im Schnee. Der Fremde nahm die

* Der Inspektor hatte das gewebte Leinen der Hausweber auf Menge und Güte zu überprüfen.

Pfeife aus dem Mund, blies dem Inspektor lässig den Rauch ins Gesicht und murmelte: «Ich Quartier hier. Haus Radecke klein. Stall nix gut, du groß Haus, schön Stall für Pferd.»

Inzwischen war Rudolf als neugieriger Bub doch zur Haustür gesprungen. Der Vater drückte ihm wortlos die Zügel des Pferdes in die Hand und zeigte zum Stall. Dann folgte er schnell dem Eindringling, der zur Eßzimmertür schritt. Erschrocken starrten die Frauen und Kinder den Russen an. Dieser unterbrach als erster die Stille: «For drei Tag hier wohnen. Wo schlafen? Wo essen? Ich suchen.» Er warf Cape und Pelzmütze auf einen Stuhl, stapfte zum Fenster, deutete auf den Boden und befahl: «Hier Stroh, hier schlafen!» Darauf öffnete er die Tür zur guten Stube: «Hier gut for essen.» Der Inspektor, der den Kosaken um einen Kopf überragte, holte tief Luft, doch ehe er etwas erwidern konnte, hatte seine Frau schnell die Zustimmung gegeben. Aber aus drei Tagen wurden fast zwei Wochen.

Der ungebetene Gast machte jedoch wenig Mühe. Wenn er keinen Dienst hatte, lag er gemächlich auf dem Stroh am Fenster, rauchte sein Pfeifchen oder summte ein russisches Lied vor sich hin und beobachtete stumm, was so den Tag über in der Eßstube geschah. Das war sicherlich eine gute Abwechslung in dem harten Soldatenleben. Der Vater war mürrisch, und die Mutter schwieg. Und wenn der Russe in der Stube war, dann verstummte das frohe Lachen der Kinder. Rudolf und sein älterer Bruder waren die einzigen, die einige Freude hatten, nicht durch den Gast selbst, sondern durch sein kleines Pferdchen im Stall, das sich gern von den Buben striegeln ließ und den Zucker aus der Hand fraß.

Es kam der Tag vor dem Heiligen Abend. Nichts hatte sich im Hause inzwischen geändert. Nur eines fiel auf: Sobald die Hausfrau in die Stube trat, wurde der Russe freundlicher und seine Blicke verfolgten sie bei all ihrem geschäftigen Tun. Als ihr einmal ein Löffel zu Boden fiel, bückte er sich rasch und reichte ihn der hübschen Frau mit einem eigenen Lächeln, das sie erröten ließ.

Am Nachmittag war Frau Lisette allein in der Küche. Der Inspektor arbeitete noch auf der Leggestation, die Mägde waren im Stall, und die Kinder durften zur alten Tante ins Nachbarhaus; das Jüngste schlummerte in der Wiege. Nun hatte Frau Lisette Muße, den Christstollen zu backen. Es waren recht knappe Zeiten, und die Zutaten zum Festkuchen hatte man sich am Munde abgespart. Emsig knetete die Mutter den Teig, lief hin und her, achtete auf das Feuer und wirtschaftete, daß es eine Lust war, ihr zuzuschauen. Der Russe war schon vor geraumer Zeit unbemerkt eingetreten.

Inzwischen begann es dämmerig zu werden. Als sich die Hausfrau niederkniete, um frische Holzscheite in den Herd zu legen, fühlte sie sich plötzlich von zwei kräftigen Armen umschlungen, emporgerissen und voll Ungestüm geküßt. Scham und Zorn färbten ihre Wangen, und sie entwand sich mit Gewalt der Zudringlichkeit.

In diesem Augenblick flog die Tür auf, der Inspektor stand in der Küche. Blitzschnell eilte der Russe aus dem Haus. Die nächste Schenke war nicht weit, dort konnte er alles im Alkohol übertrinken und vergessen. Wütend verfolgte ihn der Inspektor. Doch als er das Wirtshaus betrat, lag der Fremde ruhig am offenen Feuer und rauchte seine lange Pfeife. Jäh packte der Hüne den Kosaken und warf ihn vor die offene Glut. Entsetzen lähmte die Anwesenden. Der so unsanft Behandelte sprang auf, befühlte einen bestimmten Köperteil, an welchem das Feuer die Hose schon leicht angesengt hatte, und lief zur Tür. Krachend fiel sie hinter ihm ins Schloß.

«Wie unbedacht du warst, das müssen wir alle noch büßen», meinte Nachbar Radecke. Langsam blickte der Inspektor von einem zum andern, seine Erregung war verflogen. «Nein», sagte er ruhig, «ich werde nicht fliehen, ich bin im Recht und ich stehe für euch alle; meine und eure Frauen müssen vor den Soldaten geschützt werden, ich bleibe!» In diesem Augenblick hörte man Hufschlag auf dem gefrorenen Schnee, und der Kosake sprengte davon. Die Leute steckten die Köpfe zusammen und schalten den Wagemut des sonst so bedächtigen Inspektors.

Bitterkalt war es draußen und sternklar. Der Russe galoppierte über die Holzbrücke hinaus aus der Stadt, weiter gen Westen. Nach einer halben Stunde scharfen Rittes sah er in der Ferne Lichter blinken. Das mußte das nächste Dorf sein, abseits von der Verkehrsstraße, nahe dem Waldrand; so hatte es das Glück, daß es von Einquartierung noch verschont geblieben war. Frau Lisette hatte dort eine Freundin wohnen, die vor einigen Tagen kurz nach Bramsche gekommen war und für Familie Gärtner geräucherten Schinken und eine kleine Kiste mit Eiern als Weihnachtsgabe gebracht hatte. Rudolf hatte es dem Russen gesagt und dazu etwas vorwurfsvoll betont, wie wenig Vorräte noch im eigenen Hause seien.

Eine Turmuhr schlug sieben volle Schläge, also bald Zeit zum Abendbrot. Langsam stieg der Russe aus dem Sattel und schritt geradewegs auf das nächste Haus zu, da er durch einen Ladenspalt drinnen ein Licht brennen sah. Treu folgte ihm das brave Tier, die Zügel wurden um den niedrigen Gartenzaun geschlungen und verknotet. Heftig zog er die Glocke. Eine alte Magd öffnete vorsichtig die Haustüre. Beim Anblick des fremden Mannes fuhr sie heftig zusammen. Zitternd führte die furchtsame Frau den späten Eindringling in den Hausflur und verschwand schnell in der nächsten Türe.

Ein leiser Aufschrei und dann das Klirren von Scherben. Der Pfarrersfrau, die soeben den Abendbrottisch decken wollte, war beim Bericht der Magd vor Schrecken der Tellerstoß entglitten. Unaufgefordert trat der Russe ein. Die beiden

Frauen, die allein waren, starrten ängstlich dem unheimlichen Besucher entgegen. Der überlegte nicht lange und setzte sich auf den bequemen Stuhl am Kopfende des Tisches, den Ehrenplatz des Pfarrers. Dann ließ er sich's schmecken, die beste Flasche Wein mußte aufgetragen werden. Als er sich genügend gestärkt hatte, griff er nach einem großen Laib Schwarzbrot, schnitt den Gipfel ab, höhlte ihn aus und stopfte einen ganzen Schlag guter Landbutter hinein. Dann nahm er das dicke Cape wieder um die Schulter, setzte die Pelzkappe auf und schritt mit einem Gemurmel, das wohl ein Dankeswort sein sollte, aus dem Haus. Erst als der Hufschlag in der Ferne verklungen war, atmeten die Frauen erleichtert und dankbar auf. –

Bei Gärtners öffnete der Inspektor selbst die Tür. Doch wie staunte er, als der Russe mit einem kurzen Gruß zu seinem Strohlager ging, als sei nichts gewesen. Rudolf, der noch eine Weihnachtsarbeit für die Eltern fertigbasteln wollte, durfte wieder wie seit Tagen das Pferdchen an seinen Platz in den Stall führen. Außer dem Russen schliefen alle im Gärtnerschen Haus in dieser Nacht sehr schlecht.

Als die Hausfrau frühmorgens in die Küche trat, lag auf dem Tisch ein großer Laib Brot, gefüllt mit bester Landbutter. Voller Freude blickte die Hausfrau auf die köstliche Gabe. Plötzlich stand der Kosak neben ihr, deutete auf sein Geschenk und meinte: «For Kinder, for Weihnacht, Brot und Butter, ich bitte for Verzeih.»

Es wurde ein schöneres Weihnachtsfest, als man gedacht hatte. All das Bedrückende der letzten Stunden war wie weggewischt. Nur der Russe blieb still und schaute etwas wehmütig in den Kerzenschein. Der Inspektor trat zu ihm und gab ihm die Hand. Da huschte ein Freudenschein über das Gesicht des fremden Mannes. Weihnachten, das war das Fest der Versöhnung.

Zwei Tage später verließ die russische Abteilung für immer die Stadt. Jedermann war froh darüber. Aber bei Gärtners sprach man noch oft von dem Kosaken Koschky. So konnte ich, die Urenkelin der Frau Lisette, diese Geschichte erzählen.

Petra Blume

Wie Fridolin doch noch an Weihnachten glaubte

Fridolin saß auf seiner Wolke Nummer achtundzwanzigschrägstrichdrei und langweilte sich fürchterlich. Wie lange hatte er sich bemüht, ein Weihnachtsengel zu werden? Mindestens schon hundert Jahre. Aber die Warteliste war lang.

Als er sich damals bei Personalchef Knecht Ruprecht eintragen ließ, war er Nummer 1034, und es schien lange Zeit nicht so, als wenn sich an diesem Listenplatz auch nur das geringste ändern würde. Schließlich ist die Fluktuation bei Engeln nicht so übermäßig stark; es gibt ja keine natürliche Abnahme des Personalbestandes, gestorben waren sie ja schon.

Fridolin erinnerte sich daran, daß er ein paar Jahrzehnte beim Vorzimmerengel vom Weihnachtsmann, dem Christkind, regelmäßig antichambrierte; das Christkind in die besten Mannalokale ausführte und von dem Engelsorchester leise «Extra-Hosiannas» singen ließ, natürlich alles auf seine Kosten. Aber letztendlich gebracht hatte es überhaupt nichts. Wie alle Vorzimmerdamen war auch das Christkind total in ihren Chef verschossen. Wahrscheinlich stand sie auf ältere Herren mit Rauschebart. Auf dem Dienstweg zu versuchen, schneller an einen Job im Weihnachtszustelldienst zu kommen, war absolut aussichtslos. Keiner der entsprechenden Abteilungsleiter, ob nun Knecht Ruprecht – Abteilung Weihnachten – oder Petrus – Abteilung Wetter und Neuaufnahme – hatte sich erweichen lassen, ein gutes Wort beim Weihnachtsmann direkt anzubringen.

Besonders schlimm war da der ehemalige bayrische Politikratgeber Aloisius, zu Lebzeiten Münchner Gepäckträger und erst nach seinem Tod als «Münchner im Himmel» bekannt geworden. Nachdem er seine Maß im Hofbräuhaus ein paar Jahre lang geleert hatte, während die bayrische Regierung auf die himmlischen Eingebungen wartete, wurde er zurückbeordert und wegen Unfähigkeit zum Leiter in der neu gegründeten Abteilung «irdische Politikbetreuung» gemacht. Er setzte ehemalige Saufkumpane in die wichtigsten Stellen bei den Landesregierungen, was erklärt, daß auch hier die Politiker bis jetzt vergebens auf die göttlichen Eingebungen warten. Ansonsten beschäftigt sich Aloisius nur mit Gewerkschaftsfragen und versucht, die gesamte Himmelswelt umzuorganisieren. Außerdem macht er Front gegen den Allerobersten. «Wie lange der sich das wohl noch so mit ansieht?» dachte Fridolin und seufzte.

Irgendwie war damals alles einfacher, ohne den ganzen Verwaltungskram. Aber je mehr Menschen in den Himmel kamen, desto mehr kam an Verwaltung mit. Wo sollten sie auch anders beschäftigt werden? Die meisten hatten ja nichts anderes gelernt und weigerten sich, überstundenmäßig die Leier zu spielen oder zu singen, außer, sie würden diese Mehrarbeit vergütet bekommen.

Immerhin waren nicht noch die Politiker mit hochgekommen – sie waren bei der Konkurrenz gelandet – sonst hätte die himmlische Wirtschaft wahrscheinlich bereits Konkurs anmelden müssen. Obwohl – Weihnachten war auch nicht mehr das, was es mal war, schoß es Fridolin durch den Kopf. Früher hatten die Kinder noch daran gelaubt, gaben sich mit einem

Schaukelpferd, einer Trompete oder einer Puppe zufrieden. Da waren auch tatsächlich Väter noch zur Weihnachtszeit im Himmel aufgetaucht, wenn die große Leiter vom Weihnachtsmann heruntergelassen wurde, um die Wunschzettel der Kinder persönlich zu überbringen und mit dem Weihnachtsmann die Modalitäten zu besprechen.

Heute kamen nur noch wenige Väter, weil ihre Kinder nicht mehr an den alten Mann glaubten. Er nahm übrigens bereits seit Jahren Therapiestunden beim Obersten, um seine Identitätskrise zu verarbeiten.

Nachdem die Weihnachtsengel immer schwerere Säcke zu den Kindern zu schleppen hatten, sprangen viele von ihnen ab, und so war Fridolin jetzt bereits auf die Reservebank für dieses Weihnachten vorgerückt.

Die ersten Kollegen zogen bereits ächzend mit den klobigen Säcken ab; die weißen Hemden schon angegraut, die Flügel leicht demoliert.

Die machen es wahrscheinlich auch nicht mehr lange, sinnierte Fridolin. Aber mittlerweile wußte er nicht mehr, ob er sich auf diesen Job noch freuen sollte. Als Schutzengel hat man zwar auch kein leichtes Leben, aber doch hin und wieder wenigstens ein Erfolgserlebnis. Auch in der Satellitenbeobachtungszentrale ließ es sich ganz gut leben.

Plötzlich schreckte Fridolin hoch; sein Name wurde aufgerufen. Ja, tatsächlich, die himmlische Lautsprecheranlage rief ihn, Fridolin höchstpersönlich, aus. Fridolin beeilte sich, im Himmel sieht man es nicht gerne, wenn jemand trödelt.

Knecht Ruprecht sah auf seine Liste, als Fridolin, zitternd vor Aufregung, vor ihm stand. «Du bist dran, Fridolin, flieg zu der kleinen Ruth. Sie scheint einen besonderen Wunsch zu haben. Sonst ist niemand verfügbar», brummte Ruprecht. «Wo ist mein Sack?» – «Hier liegt keine Bestellung vor.» – «Überhaupt kein Geschenk? Das muß doch ein Irrtum sein.»

– «Ich habe keine Zeit für lange Diskussionen. Frag sie selbst!» knurrte der Abteilungsleiter und wandte sich ab.

Als Fridolin bei Ruth ankam, saß sie am Bett ihrer Mutter, die fiebrig stöhnte und vor sich hin phantasierte. Als die kleine Ruth den Weihnachtsengel Fridolin sah, glänzten ihre Augen vor Freude. «Was kann ich für dich tun?» fragte Fridolin. «Eine Puppe, ein Stofftier, einen Fernseher, was willst du haben?» – «Nichts von alledem. Ich habe schon gedacht, daß gar keiner mehr kommt. Ich habe schon so lange zum lieben Gott gebetet, aber nichts ist passiert.»

Verlegen murmelte Fridolin was von Weihnachtsstreß, Verwaltungskram und den ganzen Widrigkeiten, die dazu führten, daß Bearbeitungen manchmal etwas länger dauerten. «Jetzt bist du ja hier», sagte Ruth. «Bitte, bitte, lieber Engel, erfüll mir nur den Wunsch und mache meine Mami wieder ganz gesund, damit wir wieder glücklich sind.»

Ruths Augen schauten Fridolin flehend an. Ruths Mutter ging es wirklich sehr schlecht. Schnelle Hilfe war vonnöten. Fridolin legte seine Hand auf ihre fiebernasse Stirn und nahm mit der anderen Ruths kleine, kalte Hand. Dann fühlte er ihr großes Vertrauen in seine Fähigkeiten und die ganze Liebe ihres kleinen Herzens. Er ließ sie durch sich hindurchströmen und merkte, wie sie ihre heilende Wirkung bei der kranken Mutter tat. Bald darauf schlug sie die Augen auf und lächelte. Aus Ruths Augen quollen dicke Tränen der Freude. «Vielen Dank», sagte sie zu Fridolin und legte dann ihren kleinen Kopf auf die Brust der Mutter.

Fridolin wurde nicht mehr gebraucht. Als er wieder nach oben in den Himmel flog, strahlte er wie ein hell leuchtender Stern, so glücklich war er. Er bereute nun nicht mehr, daß er sich für den Zustelldienst beworben hatte, denn er erkannte, daß Weihnachten wenigstens für einige Menschen immer noch das Fest der Liebe war.

Jutta Lindenthal

Weihnachtliche Spurensuche

Sie hatten sich so darauf gefreut, Weihnachten in Deutschland zu verbringen!

Henriette und Paul Schumann wanderten vor vielen Jahren nach Kanada aus. Sie gründeten dort eine Familie, zu der inzwischen drei Kinder und fünf Enkel zählten, bauten ein Haus; kurzum, schon bald waren die beiden in der neuen Heimat fest verwurzelt.

Trotzdem verfolgte das Paar interessiert alle Nachrichten, die zu ihnen herüberdrangen. Viel war das nicht gewesen, allerdings hatte es ausgereicht, das Andenken, aber auch das Heimweh wachzuhalten.

Jetzt, an ihrem Lebensabend, wurde der Wunsch immer größer, noch einmal auf den Spuren der Vergangenheit zu wandeln. Sie faßten den Entschluß, das Christfest in Schleswig-Holstein zu erleben und dabei die Stadt ihrer Kindheit wiederzuentdecken. –

Eine Woche vor dem Heiligen Abend trafen sie erwartungsvoll ein. Es herrschte naßkaltes Schmuddelwetter. Die beiden Besucher störte das wenig, gehörte doch gerade diese Witterung zu den Weihnachtsfesten ihrer Erinnerung. In einem Hotel, direkt an der Ostsee, fanden sie ein gemütliches Zimmer.

Am nächsten Tag stiegen die beiden tatendurstig in das bestellte Taxi. «Wo soll es denn hingehen?» Der Fahrer sah sie fragend an. Eifrig erklärte Paul ihr Vorhaben, nannte dann den Namen der Straße. «Na, dann wollen wir mal!» Der Chauffeur lenkte vorsichtig den Wagen in den Verkehrsstrom. Durch weihnachtlich geschmückte Straßen ging es zum gegenüberliegenden Ufer der Stadt. Schließlich hielten sie.

«Dieses ist die Adresse, die Sie mir angaben!» Erstaunt musterten die Schumanns die Gegend. Alles erschien fremd. Die einst vertrauten Häuser der Kindertage waren verschwunden. An ihrer Stelle säumten jetzt moderne Neubauten aus rotem Backstein die verbreiterte Fahrbahn. Henriette suchte den Eckladen der Bäckerei. Auch ihn gab es nicht mehr. «Weißt du noch», meinte sie sinnend, «unsere Mütter brachten jedes Jahr, kurz vor dem Fest, die vorbereiteten Kuchenbleche hin. Und später, beim Abholen der fertigen Backwaren, steckte die nette Verkäuferin uns Kindern stets etwas Süßes zu.»

«Das stimmt, aber erinnerst du dich an das Schaufenster? Die Bäckersleute schmückten es in der Vorweihnachtszeit besonders schön. Wir kleinen Butschers drückten uns daran immer nach der Schule die Nasen platt. Einmal, ich war vielleicht sieben oder acht Jahre alt, konnte ich mich schwerer als sonst von diesen Auslagen losreißen. In der Mitte stand ein Knecht Ruprecht, und daneben prangte ein richtiger Schlitten aus Holz und Eisen. Ich wünschte mir nichts anderes als gerade diesen Schlitten. Aber mein Traum blieb unerfüllt. Die Eltern versuchten mich zu trösten und meinten, wir hätten so selten Schnee. Wozu sollte der Weihnachtsmann also einen Schlitten bringen? Später erkannte ich dann den wahren Grund: Für unsere Familie, die nur über ein kleines Einkommen verfügte, war es natürlich wichtiger, daß es zur Bescherung warme Kleidung für die Kinder gab und vielleicht, als Luxus, eine Apfelsine, ein paar Nüsse oder einmal ein Stückchen Schokolade. – Ja, das ist lange her.»

Der Taxifahrer holte seine Fahrgäste in die Wirklichkeit zurück. «Was halten Sie davon, wenn ich ein wenig am Wasser entlangfahre? Dort werden Sie vielleicht mehr wiedererkennen.» Die zwei stimmten zu, mit den Gedanken noch in einer früheren Zeit.

Nach einigen Minuten entdeckten sie an der Kaistraße tatsächlich eine ganz bestimmte Stelle. Oft hatten sie hier gesessen und auf die Förde hinausgesehen, dem Hafendampfer, der durch die Wellen auf den Anlegesteg zustampfte, entgegen. In der Adventszeit schmückte ihn ein kleines Nadelbäumchen, das zwischen den Aufbauten festgezurrt war.

«Sieh mal, kommt dir diese Stelle dort am Strand nicht auch bekannt vor? Im Sommer gingen wir mit den anderen Kindern oft zum Baden hin. Wir betrachteten die ein- und auslaufenden Schiffe und versuchten zu erraten, aus welchen Ländern sie wohl stammen mochten.» Paul wies auf eine Stelle auf der anderen Seite des Wassers. «Laß uns morgen hinüberfahren!»

In den nächsten Tagen feierte das Paar Wiedersehen mit seiner Stadt. Sie spazierten durch die mit festlichem Grün und vielen Lichtern dekorierte Fußgängerzone. An einem Spätnachmittag lauschten sie andächtig dem Adventsgottesdienst in ‹ihrer› Kirche am Marktplatz. Hier waren sie vor vielen Jahren getraut worden. Ein anderes Mal fuhren sie mit der Hafenbarkasse von Anlegestelle zu Anlegestelle, besuchten ehemalige Fischerdörfer sowie die großen Schleusen am Eingang des Kanals. –

Endlich war der Heilige Abend herangekommen. Sie saßen im Speisesaal ihres Hotels und warteten auf das bestellte Menü. Aus den Lautsprechern erklang leise Weihnachtsmusik. Nur einige wenige andere Gäste belegten die Nachbartische. Die Tafel verschönerte ein prächtiges Gesteck mit einer dicken brennenden Kerze. Aber die rechte Stimmung mochte bei beiden nicht aufkommen. Es wurde serviert. Lustlos aßen sie von den Köstlichkeiten.

«Der Spaziergang am Nachmittag gefiel mir gut.» Die alte Dame unterbrach das Schweigen. Sie waren am Hafen entlanggegangen. Schneidende Kälte hatte die Gesichter rot gefärbt. Dunstschleier lagen über der Förde. Weit draußen, auf dem Meer, klang ein einsames Nebelhorn zu ihnen herüber. Die Werft mit dem gewaltigen Kran lag im trüben Scheinwerferlicht. Immer seltener begegneten ihnen andere Fußgänger. Die meisten hatten heute ein Ziel, dem sie eilig entgegenstrebten. Aus den Fenstern leuchteten Kerzen, und aus manchen Wohnzimmern drang fröhliches Kinderlachen zu ihnen heraus.

«Ja, der Weg hat mir ebenfalls gefallen», erwiderte er. «Der Kai ist ein kleines Stückchen Altbekanntes gewesen, Henriette, wie wir es von früher kennen, aber sonst kommt mir die Stadt fremd vor. Es hat sich zu viel verändert.»

«Das ist doch nur natürlich, die Zeit bleibt nicht stehen.»

«Du hast schon recht, aber weißt du, dieses Weihnachtsgefühl, dieses Nachhausekommen, wie wir es uns in Toronto vorstellten, das fehlt.»

«Hat es Ihnen geschmeckt?» Der freundliche Kellner deckte den Tisch ab.

«Danke, sehr gut.» Der alte Herr antwortete mechanisch, stellte seinen Stuhl zurück. Langsam leerte sich der Speisesaal. «Setzen wir uns ein wenig in die Hotelhalle.» Aufmunternd sah sie ihren Mann an. Aber auch hier wirkte alles ausgestorben. Lediglich der Portier schaute kurz zu ihnen hinüber. In der Mitte stand ein großer Tannenbaum, verziert mit unzähligen elektrischen Kerzen. «Ganz genauso sieht es bei uns aus», brummte Paul unzufrieden. Plötzlich bemerkten sie, wie ein Kellner auf eine Tür zustrebte. Als er sie öffnete, hörten sie leise Weihnachtslieder. Kurze Zeit später schlüpfte eines der Zimmermädchen in diesen Raum, und wieder drangen Klänge zu ihnen heraus.

Die zwei alten Leute wechselten einen Blick, standen auf. «Der Zutritt ist nur für das Personal gestattet.» Die Stimme aus der Rezeption stoppte sie. Als sie sich jedoch enttäuscht abwandten, kam es zögernd: «Warten Sie, wenn Sie wollen, nehme ich Sie mit hinein. Meine Schicht ist gerade zu Ende. Wissen Sie, das ist unsere Betriebsweihnachtsfeier, aber die Kollegen haben sicher nichts dagegen, wenn ich zwei Gäste mitbringe.» Er öffnete die Tür, ließ die beiden eintreten. Erstaunt blieben die Schumanns für einen Moment stehen, fanden dann gemeinsam mit ihrem Gastgeber einen freien Tisch. In diesem Saal waren vom Koch bis zum Etagenkellner alle in ihren Hoteluniformen versammelt, eben so, wie sie gerade vom Dienst kamen. Der Raum schien verzaubert. Unzählige Kerzen erhellten ihn. In der Mitte aber verbreitete ein mächtiger Christbaum strahlenden Glanz.

Am Tisch neben ihnen bemerkte ein Mann die Neuankömmlinge. Es war ihr Tischkellner. «Frohe Weihnachten», begrüßte er sie mit einem warmen Lächeln.

Auf einmal ertönte leise Klaviermusik. «Süßer die Glocken nie klingen, heut' nun ist Weihnachtszeit». Erst zögernd fielen die ersten Stimmen ein, aber bald schon entstand ein großer Chor. Freudig klang es, und auch die beiden Gäste sangen mit, fühlten sich aufgenommen in dieser Runde. Noch einige, weitere Lieder wurden angestimmt. Dann entstand Ruhe. Eine Stimme las auf plattdeutsch die Weihnachtsgeschichte aus der Bibel. «Verstahst du dat all'ns?» fragte er sie leise. «Yes, my dear, dat du ick.» Glücklich strahlte sie ihn an.

Schließlich spielte das Piano «Stille Nacht, heilige Nacht». Auf dem Tisch trafen sich die Hände der beiden alten Leute. ‹Weihnachten in Kiel›, dachte Paul dankbar, nun ist unser Wunsch doch noch richtig in Erfüllung gegangen. Er spürte ihren Blick und wußte, daß sie genauso fühlte.

Jutta Lindenthal

Mein Weihnachtswunsch

Weihnacht will es wieder werden.
Der große Tag ist nah,
auf daß es Friede wird auf Erden.
Die Nacht ist still und klar.

Der Sterne funkelnd helle Pracht,
sie leuchten überall,
Sie zeigen uns des Himmels Macht,
des Friedens Widerhall.

So stehen wir hier, tief bewegt,
und seh'n es endlich ein,
daß vieles, was uns hoch erregt
belanglos ist und klein.

Ach würd' doch mancher wicht'ger Wicht
den Blick nach oben heben,
dann träf ihn der Erkenntnis Licht,
und er würd' Ruhe geben.

Dann schwiegen Waffen weit und breit,
aus Feinden würden Freunde.
Es gäbe nie mehr Kinderleid,
nur stille Weihnachtsfreude.

Monika Niesert

Auf die Plätzchen fertig los

Duft erfüllt das Haus. Nicht irgendein Duft, nein, ein würzig aromatischer. Er kommt aus der Küche, aus dem Backofen. Plätzchenduft von Vanillekipferln, Kokosmakronen und Zimtsternen. Jedesmal wenn sich die Küchentür öffnet, ergießt sich ein Schwall dieses anziehenden, unwiderstehlichen Duftes in den Flur, wird von dort durch Windzug und Kleidung in alle Zimmer, in die entferntesten Winkel getragen. Adventszeit, Zeit des Wartens, Zeit der Erwartung. Von mir wird erwartet, daß ich aus Mehl, Zucker, Eiern, Butter und Gewürzen leckere Plätzchen zaubere. Kunstwerke, dick mit Zuckerguß bestrichen, mit Nüssen und Mandeln verziert, mit Schokolade überzogen. Gebilde, die die Familie wie von Geisterhand an der Kaffeetafel vereinen. Gebilde, die auf der Zunge zergehen und in Windeseile in Mündern verschwinden wie Münzen in einarmigen Banditen.

Noch wird nichts gezeigt oder verraten. Die fertigen Köstlichkeiten entstehen hinter verschlossenen Türen, wandern direkt in bereitgestellte Dosen.

So, nun noch die Lebkuchen, dann reicht es für heute. Unter geschickten Hausfrauenhänden entstehen Sterne, Herzen, Glocken, Monde, Brezeln und Schnitten. Der Teig läßt sich hervorragend ausstechen, denn er klebt weder am Untergrund noch an den Förmchen. Seit der letzten Salmonellenaffäre koste ich ihn nicht mehr, verlasse mich blind auf die Angaben im Rezept. Das erste Blech verschwindet im Herd. Ich rüste mich für den Ansturm, denn dieser Duft wird sie anziehen wie Nektar die Bienen. Und sie kommen: «Bah, Mama, was stinkt hier so widerlich, ist was verbrannt, sollen wir helfen?» rufen sie und trommeln mit den Fäusten gegen die verriegelte Küchentür. Ja, jetzt rieche ich es auch. Doch was steckt dahinter? Ich schaue in den Herd, aber da schmort kein Schwamm und auch kein vergessenes Lederputztuch. Ich staune und grübele, suche und schaue wieder und wieder, nichts. Die Kostprobe ist noch ekelhafter als der Geruch. Ich muß mich damit abfinden, daß die Lebkuchen ungenießbar sind. Alles landet im weit aufgerissenen Rachen des Mülleimers. Alle Mühe, alle Arbeit umsonst, ärgerlich. Noch einmal gehe ich alle Zutaten durch, ergebnislos, die Ursache für das Übel ist nicht zu finden.

Einige Tage später bahnt sich die Lösung an: «Mama, weißt du, wo die Fettbasis für meine neue Hautcreme geblieben ist?» Claudia stellt diese Frage. «Ich hatte sie doch im Kühlschrank in einem leeren Margarinebecher deponiert ...»

Alexander Rajcsányi

Weihnacht

nur ein kind dort im stall
im romantischen trog
engelumschwirrt
hirtenumstanden
friedlich und freundlich
im licht seines heiligenscheins

im zugigen stall im steinharten
trog das kind gebettet
in die ohnmacht seiner eltern
engel und hirten fehlen
himmelweit weg das leben
der großstadt nebenan

im zugigen stall im steinharten
trog das kind bedroht
vom argwohn der macht
schergen kommen statt königen
die nacht ist die nacht
vor der flucht

du kind aus dem stall
du kind auf der flucht
du kind bedroht von der macht
und unserer gleichgültigkeit:
man müßte dich bergen
in der wärme unserer
weihnacht

Günter Schiwy

Advent / Weihnacht

Weihnacht, das ist die Nacht,
In der wir Heimweh haben nach Tagen
Einer längst vergessenen Zeit,
Nach Menschen, die uns Freude gaben,
Nach Stätten, die uns unvergeßlich weit!

Weihnacht, das ist die Nacht,
In der wir – du und ich – Rückschau halten
Und uns'ren Weg betrachten wie ein Bild
Und stumm die Hände über Gräbern falten,
Der Lieben, die den Lauf erfüllt ...!

Jedes Jahr feiern wir Advent und Weihnachten, weil uns die Hoffnung bewegt. Weihnachten vermittelt uns gleichzeitig das Lebensgefühl der Vergangenheit. Damit gibt uns das Fest Trost, Ermutigung und Zuversicht für die Zukunft!

Für mich ist die Advents- und Weihnachtszeit von jeher eine Zeit der Besinnung und Erinnerung an meine Kindheit und Jugend in Masuren. Oft steigen aus dem Nebel der Rückschau die Bilder auf, Bilder von Weite und Schnee, von eisigem Sturm und klirrender Kälte. Und im Hintergrund, wenn wir vom Wigonn oder vom Niedersee kamen, sehe ich das liebgewonnene Dorf Kreuzofen mit seinen niedrigen Holzhäusern und den steil aus den Schornsteinen in den klaren Himmel aufsteigenden Rauch aus den wärmenden Kachelöfen. Ein mir vertrauter Anblick, den ich nie vergessen werde!

Vergessen werde ich mein Lebtag auch nicht das Weihnachtsfest 1944. Wir entgehen dem Weihnachtsfest nie! Wir sind ihm nicht entgangen, als Ende 1944 die sowjetische Front nur wenige Kilometer von Masuren verlief und der Geschützdonner tagtäglich in unsere Ohren drang und uns die Flucht, die Vertreibung aus der Heimat anzeigte. Auch später, 1945 im «Reich», entgingen wir Weihnachten nicht, dem Heiligen Abend, an dem sich das Heimweh eines ganzen Jahres aufstaute und in uns eine depressive Welle der Trauer auslöste. Denken wir auch an die vielen Masuren in der Heimat, die unter den widrigsten Verhältnissen unter fremder Herrschaft das Fest verleben mußten, oder an die Gefangenen in den Lagern.

Weihnachten entkommt keiner von uns! In unseren Herzen herrscht eine unruhige Aufbruchstimmung. Wir empfinden in dieser Zeit mehr Sehnsucht als sonst nach Licht, Wärme, Orientierung, Gemeinschaft und Liebe. Hat sich der dörfliche und elterliche Brauch sowie auch der Grund, warum wir Weihnachten feiern, doch tiefer in unsere Herzen eingegraben, als wir es wahrhaben wollen? Weihnachten haben wir wahrlich Grund zum Feiern! Es ist Anlaß genug, Freude zu empfinden, zu schenken und zu empfangen. Unsere Gefühle sind auf Festlichkeit eingestellt! Wir feiern schließlich die Geburt Jesu Christi, seine Menschwerdung, seine Ankunft!

Weihnachten ist demnach ganz tief in unseren Seelen verankert. Es erinnert uns an die Heimat, an unser Zuhause, an die einsamen und verträumten masurischen Dörfer, in denen wir Glück, Ruhe und Geborgenheit mit den Familienangehörigen fanden. Die Erinnerung an die Stille und Einsamkeit macht uns besinnlich. Weihnachten hat noch nie den Lauf der Welt unterbrochen, doch unsere Herzen liebevoller gestimmt! Die Welt ist zwar auch heute nicht heil, aber sie ist heilbar, sowie auch wir nach Weihnachten nicht friedensfähiger werden, wenn wir das ganze Jahr nicht liebensfähiger waren. Wenn wir allerdings der Hoffnung auf die Spur kommen wollen, sind Einsicht, Einkehr und Demut gefragt. Bei der Krippe im Stall von Bethlehem sollten wir damit beginnen.

So laßt uns dann die Kerzen anzünden und «O du fröhliche, o du selige, gnadenbringende Weihnachtszeit» anstimmen, so wie wir es zu Hause in unserer Kindheit sangen! Denn in der Krippe liegt das Geheimnis dieser Welt! Wir müssen dabei das Licht richtig erkennen und deuten. Wir müssen dem Licht erlauben, die Dunkelheit in und um uns auszuleuchten. Denn selbst in kalter und dunkler Nacht brannte mitten unter uns immer ein Licht, ein Licht der Hoffnung, das uns den Weg aus eisiger Kälte wies und uns vor dem Erstarren bewahrte. Und diese Wärme des Lichts schützt uns vor den Unzulänglichkeiten des Lebens. Friere ich, so ist mein Blick auf diese Lichtquelle gerichtet, die mich wärmt!

Weihnachten steht vor der Tür! Und niemand von uns entgeht diesem christlichen Fest und den masurischen Traditionen unvergessener dörflicher Sitten und Bräuche. Sie haben unser Leben geprägt! Deshalb grüße ich alle masurischen Landsleute in nah und fern mit der Weihnachtsbotschaft *«Friede auf Erden und den Menschen ein Wohlgefallen»*, dem Leitspruch der Sternensinger von Kreuzofen!

Margarete Jordan-Hessler

Weihnachten

Weihnachten, das war das aller-allerschönste Fest bei uns daheim. Schon einige Tage vorher wurde die Wohnstube zugesperrt, sogar über das Schlüsselloch war innen ein Tuch gehängt, damit wir ja nicht spitzen konnten. Ungeduldig zählten wir alle Tage, bis es endlich soweit war.

Heiligabend, da standen wir im dunklen Hausflur, in Sonntagskleidern, und warteten ganz aufgeregt, bis das Silberglöckle bimmelte. Dann ging die Tür weit auf. Wir aber waren wie geblendet. Vom Christbaum schimmerten viele Kerzen, auf dem großen Tisch standen auch noch Lichter. Wir wagten kaum einen kleinen Schritt zu tun. Sanft schob die Mutter uns vor die Krippe.

Wie ein Wunder war das. Die Hirten von Bethlehem hüteten oben im Gebirge ihre Schäflein. Hoch über den Hirten schwebte ein Engel. Er hielt ein Band in den Händen, darauf stand in goldenen Buchstaben «Fürchtet Euch nicht, denn siehe, ich verkündige Euch große Freude, denn Euch ist heute der Heiland geboren». Der Stall mit Maria und Josef und dem Krippelein mit dem Jesuskind stand unten in der Mitte. Auch Ochs und Eselein waren dabei, sie lagen hinten in der Krippe. Durch einen Mauerspalt schimmerte rötlicher Lichtschein.

Ganz weit von der rechten Seite kamen aus der Wüste die drei Könige mit hochbeladenen Kamelen und Dienern an. Die Gewänder der Könige waren überaus prächtig, rot mit Goldborten und blau mit Grün und Gelb. Der Mohrenkönig hatte ein ganz weißes Gewand. Ihre Kronen glänzten im Kerzenschein. In den Händen hielten sie schöne Kästchen mit Weihrauch und Myrrhen. Die Kamele standen unter Palmen vor dem Stall.

Aus dem Gebirge kam eine Quelle. Das Wässerlein plätscherte von ganz oben in schmale Holzrinnen aus Holunderästchen, davor standen die Schäflein, um zu trinken. Unten vor dem Stall tropfte das Wasser in eine Zisterne. Wir bestaunten die große Krippe jede Weihnachten aufs neue. Erst vor der Krippe war's Weihnachten. Kaum satt konnten wir uns da schauen. Dann las der Vater das Weihnachtsevangelium, und die schönen Lieder wurden gesungen. Erst dann gingen wir zu den Gabentischen mit den Geschenklein. Wir freuten uns über alles: Märchenbücher, Malzeug, ein Püppchen, für Friedrich eine feine Maschine mit Hammerwerk. Da klopfte ein Hämmerle auf einen Amboß. Das gab Funken! An der Seite wurde gedreht, je schneller, um so mehr schlug der Hammer Funken. Später lag auch Laubsägezeug mit Bohrer und Feilen auf des Bruders Platz. Immer stand bei jedem ein Teller mit Plätzchen auf dem Tisch. Auch in den schlechten Kriegsjahren gab's Weihnachten Pfefferkuchen und Zimtplätzle, die dufteten nach Nelken und Zimt. Das roch so wundergut. Auf den Lebkuchen waren anstatt der Mandeln geschälte Kürbiskerne, gesüßt hat Mutter mit Rübensirup. Nur Butter hatten die Plätzchen keine gesehen, deshalb waren sie hart wie Pflastersteine. Aber schmecken taten sie uns, es waren halt Weihnachtsplätzli.

Als wir größer waren, hatten wir auch was zum Schenken. Da brachten wir dann geheimnisvoll unsere Sächle an: Gebasteltes aus Holz oder ein gesticktes Deckle. Da war jeder voller Freude.

Erst viel später ging uns Kindern auf, wieviel Mühe die große Krippe dem Vater jedesmal gemacht hat. Tagelang baute er aus ausgeglühten Koksbrocken das Gebirge auf. Darinnen waren die Röhren für die Wasserleitung versteckt. Ganz oben, hinter dem Fenstervorhang, hing das Wassergefäß mit einem Schlauch dran, damit die Quelle auch sprudeln konnte. Die Wüste war aus vielem Sand aufgeschüttet. Im Hintergrund befand sich eine Oase mit Palmen und einem Teich. Das Becken war eine Wärmflaschenhälfte. Auf dem Gebirge steckten kleine Tannenzweiglein als Bäume und Büsche in den Steinen. Oben war das Gebirge voller Schnee, es glitzerte wie echte Schneeflocken, damit war auch unser Christbaum bestreut. Viele, viele Lamettafäden glänzten an den Zweigen. Jedes Fädchen war einzeln angehängt worden. Dazwischen schimmerten Eiszapfen und Tannenzapfen aus Glas. Viele Kerzen erstrahlten auf den Zweigen. Ganz oben an der Spitze funkelte der Weihnachtsstern. Der schöne Engel schwebte von der Decke herab. Bei jedem Lufthauch flog er sachte hin und her.

An zusammengeknüpften Haaren aus Mutters langem Zopf war er an der Zimmerdecke mit einem Reißnagel angemacht.

In all den langen Jahren hat niemals ein Kind an der Krippe etwas verdorben, und es kamen immer viele Kinder aus der Nachbarschaft, um dieses Wunderwerk anzuschauen. Andächtig wurde die Weihnachtskrippe jedes Jahr neu bestaunt.

Bis Epiphanias blieben der Christbaum und die Weihnachtskrippe aufgestellt. An Neujahr kamen Nachbarn und Freunde zum Glückwünschen. Auch wir Kinder mußten zu den Nachbarn gehen und unser Sprüchle aufsagen: «Wir wünschen Glück, Gesundheit und Gottes Segen im neuen Jahr.» Aufschnaufend stapften wir schnell wieder zur Tür hinaus.

Schrecklich war das für uns, fast so schlimm wie Zahnziehen, weil wir auch zu den Nachbarn mußten, die uns, und wir sie auch nicht, so gut leiden mochten. Unser Luisle brauchte nicht mit. Sie sagte: «Da muß ich schwitzen, da bin ich krank.» In späteren Jahren ist diese Sitte auf einmal eingeschlafen.

Klaus-Dieter Holzmann

Die Gold- und Silbertorte

Weihnachten – das Fest der Stille? Nein, es war jedesmal ein Feuerwerk in dieser Bahnhofswohnung meiner Eltern und Geschwister in Enzisweiler. Mein Vater traf alle technischen Vorbereitungen für diesen 24. Dezember. In der Ecke des reichlich geschmückten Weihnachtszimmers verbarg er die geheimnisvollen Kapseln, die sich bald zu einem lauten Knall entladen sollten. Der Selbstauslöser des Fotoapparates an der oberen Ecke des Zimmers wurde am Besenstiel installiert, an der gegenüberliegenden, vom Ofenrohr leicht geschwärzten Seite stand der erhabene Christbaum mit dem krönenden Abschluß seiner im Kerzenlicht funkelnden Spitze. Dieses Foto mußte gelingen, und gehetzt rannte mein Vater zwischen Installieren am Besenstiel und dem hörbaren Klick der Aufnahme, gerade noch rechtzeitig vor dem beängstigenden Moment zu den übrigen Aufrecht-Gerade-Stehenden, damit das Familienfoto in seiner Vollständigkeit gelang. Schnell ein kurzes Lächeln, das ein Warten auf den ersehnten Knips verbarg oder gar ein Weinen meiner als Engel verkleideten Schwester, die den Blitz als kommendes Unheil, gar dem Jüngsten Tag nahestehend, wertete. Das also war nun der Knall an diesen 24. Dezembern, und die Serie der Erinnerungsfotos konnte chronologisch in die Familienalben abgelegt werden.

Doch Tage zuvor hatte meine Mutter das große Tun in ihrer Küche, wo sie oft genug über meine am Boden liegende Eisenbahn stolperte, während sie die Weihnachtstorte buk. Eine Gold- und Silbertorte sollte es werden. Ich dachte dabei an etwas Glitzerndes, so wie es eben an diesem Fest Brauch war, wo alles glänzen mußte, nachdem wir uns bereits an Ostern darauf freuten, wie lange es wohl noch bis zu diesem Tag dauern sollte. Überhaupt war das Backen dieser Torte immer umgeben von quälenden Fragen wie, ob es das Christkind auch wirklich gäbe, da der Osterhase doch auch keine Eier lege usw. und so fort. Oder sollte dieses Christkind wohl auch wieder nur eine der vielen Geschichten sein, die für Kinder gemacht sind? «Psst, das darf man nicht fragen», meinte sie etwas erbost, «denn sonst kommt das Christkind nie mehr zu dir in die Stube, und all die Menschen, die uns an den Feiertagen zu besuchen beabsichtigen, blieben zu Hause, und im übrigen, eine Gold- und Silbertorte hättest du dann auch keine.» Das war ein Wort, das es zu beherzigen galt! So zog ich denn doch ein Schweigen den immerwährenden Fragen vor, während ich all die Gerätschaften und die schnellen gekonnten Bewegungen meiner Mutter beim Backen der Gold- und Silbertorte beobachtete. Aus meiner Knieperspektive dachte ich dann doch lieber an die Freude der nächsten Tage, wenn sie kamen, die Großmutter, die Tanten, die Onkels, die Cousinen, die Nachbarn, ein kinderloses Ehepaar aus Bad Schachen und und und …, um die Gold- und Silbertorte zu bestaunen. Alle waren sie versammelt an diesen Tagen um Weihnachten. Überhaupt waren diese Tage für meine Mutter ein Ritual. Streng nach Verwandtschafts- und Bekanntheitsgrad wurden die Einzuladenden bestimmten Tagen zwischen Weihnachten und Neujahr zugeordnet, und jeder brachte ein großes Paket an Erwartung mit, wo doch die Gold- und Silbertorte das Fest verschönerte.

Der Stephanstag war dem Ehepaar aus Bad Schachen vorbehalten. Der Krieg war gerade zu Ende, als meine Mutter eine ihr bis dahin unbekannte, von den Franzosen aus ihrer Wohnung hinausgetriebene, den Leiterwagen mit Koffern ziehende Frau bei ihr, meinem Vater und meinen beiden Schwestern aufnahm. «Und siehe, sie hatten keine Herberge …» Ob das die Gedanken meiner Mutter waren? Oder ob dieses spontane Handeln eben für sie etwas war, das ihrem Wesen, einer natürlichen Selbstverständlichkeit von Helfen, gleichkam? Man stelle sich einmal eine Gold- und Silbertorte bei den Flüchtlingen aus Bad Schachen vor, nachdem der Krieg längst vorbei war, der Herr eine ansehnliche Stellung beim Finanzamt innehatte, meine Mutter dort für einige Stunden den weichen Sessel wärmen und eine von ihnen bewerkstelligte Gold- und Silbertorte essen würde. Aber vielleicht wollte sie das gar nicht, verloren in Bad Schachen sitzend, den Backduft in der eigenen Küche vermissend, aber auch die rasselnden Güterwaggons, die mit ihren achtzig Stundenkilometern die Fensterscheiben zum Klirren brachten, so den Kuchenteig auflockerten und ihre Hände für einige wenige Augenblicke schonten. Und im übrigen, es war dort auch alles so aufgeräumt!

Und dann der gegenseitige Besuch bei der Großmutter in Wasserburg. Es erschien ja ohnehin alles so groß an Weihnachten. Der Stuhl, dessen Lehne ich als Kanzel benutzte, sah ganz alt und abgewetzt aus, und die Tante hörte geduldig meinen Predigtworten zu. Mein Ministrant verbeugte sich ehrfurchtsvoll, wenngleich es immer einer großen Anstrengung bedurfte, meine Cousine nach Wasserburg zu locken, um dort ihrer Meßdienerpflicht nachzukommen. So diente denn auch der Frisierumhang, wo noch Haarreste der soeben gegangenen Kundinnen meiner Tante klebten, als Stola des ehrwürdigen Herrn in diesem Holzhaus, das in 350 Jahren mehrere Generationen nebst ihren unterschiedlichsten Gewohnheiten und Gerüchen beherbergte.

So war es denn eine besondere Freude, bei Großmutter und Tante für eine Nacht bleiben zu dürfen, während sich meine Eltern bei ihrem dortigen Besuch spät am Abend verabschiedeten, eben von jenen, die uns Kindern zwischen zwei Bretterkufen heimelige Weihnachtsfreude vermittelten. Es umgab uns doch immer etwas Wärmeliges in diesen hölzernen Bettkästen, in der Mitte zwischen beiden liegend. Meine Großmutter pflegte mich des öfteren in meinem Schlaf zu stören; sie stand in ihren Altersnöten mehrere Male in dieser klirrenden Kälte auf, und als sie von ihrem langen Nachtmarsch, indem sie sich jedesmal durch diesen düsteren Küchenschlauch tasten mußte, zurückkam, war ihr wallendes Nachthemd nur schwer wieder in diese Enge von Holz und Kissen und diesen in der Mitte liegenden (vielleicht doch nicht ganz so lästigen) Brocken zu pressen.

Bald jedoch legte sich der Weihnachtsduft der anliegenden Stube wieder über unsere fest in Federn eingebettete geborgene Dreisamkeit, wenngleich noch Augenblicke zuvor wir die Großmutter belächelten mit ihren alten Nüssen am Weihnachtsbaum, die schon gar nicht mehr glänzten und so der Vergangenheit trotzten.

Endlich aber kam der Tag des großen, lang ersehnten Auftritts dieser Gold- und Silbertorte, dieses von meiner Mutter verzauberten Zutaten-Zuckerwerks, nachdem sie an jenen Weihnachtstagen alle gekommen waren in diese Bahnhofsvorsteherwohnung in Enzisweiler. Sie, meine Mutter, brachte nun das hoch emporragende, in Gold- und Silbercreme verkleidete Geschöpf, umgeben von brennenden Kerzen, auf einem Tablett, wo sich das Ganze noch einmal spiegeln durfte, in die Stube, umgeben von staunenden Gesichtern, in denen sich eine gewisse, erwartungsvolle Begierde in ihren Zügen abzeichnete. Da stand sie nun thronend in der Mitte des Tisches, leuchtend und glitzernd, wie es sich eben für eine Gold- und Silbertorte geziemte, jedoch, schon mit Wehmut und ein bißchen bang dem ersten Schlag der Vernichtung entgegensehend. Sie wußte ja, daß dieses Weihnachtsfest für sie das Ende bedeuten sollte.

Aber doch – nach dieser Missetat gleichsam versöhnend mit den letzten Resten auf dem Tablett, übten sich meine Schwestern im «Schneewalzer», obwohl diese Melodie so gar nichts Weihnachtliches innehatte, eher etwas Beschwingtes, so als einigende Versöhnung zwischen uns Übeltätern. Es dauerte nicht mehr lange, und es kam vor dem leuchtenden Tannenbaum der große Augenblick für diesen Herrn vom Finanzamt, der immer am Stephanstag nach dem Verspeisen der Gold- und Silbertorte «O Tannenbaum» anstimmte und die Kinderstimmen nebst Ziehharmonika und Zither mit seiner unmißverständlich gewaltigen Baßstimme überdeckte. Diese, von meinen beiden Schwestern notwendige Versöhnungstat mit der Gold- und Silbertorte, indem sie ihre jährlichen Fortschritte eben am Weihnachtstag unter Beweis stellen mußten, war inzwischen zur selbstverständlichen Gewohnheit geworden. Ziehharmonika und Zither, eine für mich damals schon fröstelnde Mischung aus diesem beidhändigen flinken Bedienen eines Blasebalgs und den tremolierenden Saiten einer Zither, dieser Klang, der Schwielen an den Fingern als notwendige Beigabe für die leidende Musikantin, eben meiner Schwester, abverlangte.

Spät am Abend war der Glanz der Gold- und Silbertorte längst verschwunden, dieses Glitzer-Wunderwerk aus Mutters

Hand. Spätestens aber auch dann mußte ich erfahren, daß dieser Weihnachts-Besucher-Mittelpunkt, der einst so hoch in das Zimmer aufragte, eben aus getrennten Eiern bestand, deren Dotter die einen sorgsam aufgestapelten Kuchenböden in Gold, und deren Eiweiß die anderen in Silber verzauberten. So kamen mehrere farbig abgestufte goldene und silberne Stockwerke von Kuchenböden zusammen, und dieses Werk, reich verziert mit kunstvollen Ornamenten, war am Ende so hoch, daß ich nicht verstehen konnte, wie deren aufgeteilte Stücke wohl auf die kleingehaltenen, zierlich wirkenden Kuchenteller passen würden, ohne das Gesamtkunstwerk zu zerstören. Aber – es war eben Weihnachten!

Regina Winkler

Ein heiteres Weihnachtsgedicht

Fallen weiße Flocken leise
auf die grau und braune Flur,
packt der Weihnachtsmann
und geht auf seine Reise –
ja doch, glaub es nur.

Dann nach etwa zwei, drei Tagen
klopft's an deiner Tür laut an,
zwar sieht er wie der Postbote aus,
doch ist's der Weihnachtsmann.

Und bringt er dir ein bißchen Freude
dann kann es schon geschehn,
daß du behauptest, hier und heute,
du hast den Weihnachtsmann gesehn.

Den Weihnachtsmann im roten Mantel,
mit Bart und weißem Haar,
der Postmann trug 'nen Anorak
und zählt kaum dreißig Jahr.

Und was nun auch die Wahrheit sei,
muß untersucht nicht werden
und ist heut gänzlich einerlei,
denn's weihnachtet auf Erden.

Burkhard Tast

In geheimnisvollen Nächten

Liegt auch meine Kindheit nun schon eine Weile zurück, so sind doch Erinnerungen, ganz besonders solche, die das Weihnachtsfest betreffen, jedes Jahr mit Beginn des Advent mir wieder sehr bewußt.

Die Vorfreude und Erwartung, mit der ich in den Tagen und Nächten des Dezember den Heiligen Abend herbeisehne, kostete insbesondere meinen Eltern ein großes Maß an Geduld. – Ganz besonders die Nächte! Sie waren es, die mich in eine erhöhte Aufmerksamkeit versetzten und mehr oder minder um den Schlaf brachten, denn ein kleiner fünfjähriger Junge kommt nun einmal gerne Geheimnissen auf die Spur (ich kenne keinen, bei dem das nicht so wäre), und der Dezember steckt voller Geheimnisse. Infolgedessen faßte ich am 5. Dezember den Entschluß: Heute nacht wartest du auf IHN! IHN? – St. Nikolaus, diesen himmlischen Alleskönner, der, und das schien mir schon damals sehr ungewöhnlich, in einer Nacht alle Kinder bescheren konnte. Dieses Genie plante ich mir also etwas genauer anzusehen. Nur hatte ich nicht bedacht, wie endlos lang eine kalte Dezembernacht sein kann. Regelmäßig, auf jedes Geräusch horchend, tappte ich durchs dunkle Zimmer ans Fenster. Was sah ich?

Einen verlassenen Vorgarten, die Umrisse der gegenüberliegenden Nachbarhäuser, getaucht in den Schein der einzigen Straßenlaterne. Eine Nacht wie jede Nacht, und es hatte nicht den Anschein, als würde sich daran in nächster Zeit etwas ändern. Wo blieb Er? Mir wurde kalt und kälter, und mein kühner Entschluß, Ihn sehen zu wollen, schrumpfte dahin. Ich gab Ihm eine letzte Frist, und als auch die verstrichen war, ohne daß etwas geschah, ließ ich mich von meinem Schlaf besiegen.

Dann ging alles ganz schnell! Plötzlich, wie aus dem Nichts, war da dieses Licht, das stärker und stärker wurde. Die noch eben dunkle Straße war taghell, und dann sah ich Ihn! Erstrahlend, in einem nicht mehr irdischen Glanz fuhr er, mir einen Blick zuwerfend, in einem Mondauto (!) an unserem Haus vorbei. Galt dieser gütige, in mich dringende, um mein Schicksal wissende Blick wirklich mir?

Ich stand hinter dem Fenster, rieb mir die Augen und konnte es nicht glauben.

Er war so, wie Erzählungen und Legenden Ihn beschrieben. Seine goldene Mitra, sein weißer Bart, sein kostbar bestickter Mantel, und er fuhr in einem Mondauto!

Am Morgen des Nikolaustages wachte ich auf, tastete nach meinen Pantoffeln und entdeckte, daß sie gefüllt waren. Erleichtert atmete ich auf. Ich hatte nicht geträumt, er hatte mich wirklich besucht!

Meine Eltern müssen wohl mehr als überrascht gewesen sein, als ich in ihr Zimmer stürmte und rief: «Ich habe heute nacht den Nikolaus gesehen! Stellt euch vor, er fährt in einem Mondauto!»

Das alles liegt Jahre zurück. Ich habe Ihn seitdem nie mehr gesehen, jedenfalls nicht den Wirklichen. Und ob ich geträumt habe oder nicht, was spielt das in der Phantasie eines kleinen Jungen für eine Rolle? Wichtig war: Ich hatte den Nikolaus gesehen, und er fuhr in einem Mondauto, vor langer Zeit in den geheimnisvollen Dezembernächten meiner Kindheit.

Reinhold Nisch

ausgang 2000

fast am ende
des jahrhunderts
flimmern zig zu früh gegangene
ausschnittsweise vorbei
k riege
i ntrigen
d rogen
s oll es so gewesen sein

a
u
c
h
w a r e n d i e l e i d t r a g e n d e n
s
i
e

Zu diesem Buch

Wirklich, ich hatte überlegt, ob man diesen Band mit der verflixten 13 nicht auslassen sollte, so, wie man in Hotels auch kein Zimmer 13 findet. Und wenn der 13. auch noch auf einen Freitag fällt, dann beginnt dieser Tag schon am Morgen mit Hinweisen in der Presse und im Rundfunk auf mögliche Folgen, die durch den 13. verursacht werden. Trotzdem, die Primzahl 13, die als Unglückszahl gilt, weil sie auf die heilbringende Zahl 12, Schlußzahl des babylonischen Duodezimalsystems, folgt, wird im Alten Testament als Glückszahl gewertet. Und da auch ich an einem 13., allerdings einem Sonntag, geboren wurde, hoffe ich mit allen Autoren dieses Buches, daß Sie, liebe Leser, auch an diesem Band 13 Spaß hatten und haben werden.

Wenn Sie, liebe Leser, liebe Autoren, speziell für das Jahr 2000 etwas erzählen wollen – Gedanken zur Vergangenheit, Wünsche für die Zukunft, dann schreiben Sie uns. Außerdem würden wir gern ein Buch mit ausschließlich ostpreußischen Weihnachtsgeschichten herausbringen. Vielleicht kennen Sie jemanden, oder Sie sind es selbst, der seine Weihnachtserlebnisse in einem der nächsten Rowohlt-Taschenbücher nachlesen möchte. Auch dann gilt die *Anschrift Ursula Richter, Postfach 60 55 64, 22250 Hamburg.**

Ein fröhliches Weihnachtsfest wünscht Ihnen

Ursula Richter

* Wir freuen uns über eingesandte Manuskripte, können jedoch weder für sie haften noch in jedem Falle Korrespondenz führen. Eine Rücksendung erfolgt nur auf ausdrücklichen Wunsch und wenn ein ausreichend frankierter Rückumschlag beigefügt ist. Andernfalls sammeln wir die Manuskripte für eine evtl. spätere Veröffentlichung, die allerdings nicht garantiert werden kann.

Inhalt

Weihnachtsgeschichten

Das Weihnachtsfest hat für den einzelnen und für jede Familie eine eigene Bedeutung und Geschichte, geprägt durch Erinnerungen und Traditionen, die von Generation zu Generation weitergegeben werden. Die Geschichten der vorliegenden Bände laden ein zum Lesen und Vorlesen und regen dazu an, eigene Geschichten zu erzählen.
Die ehemalige NDR-Redakteurin **Ursula Richter** gibt die «Weihnachtsgeschichten am Kamin» seit über zehn Jahren bei rororo heraus, deren Gesamtauflage bei über einer Million Exemplaren liegt.

Weihnachtsgeschichten am Kamin
Band 1 (rororo 15985)
Band 2 (rororo 12167)
Band 3 (rororo 12393)
Band 4 (rororo 12717)
Band 5 (rororo 12861)
Band 6 (rororo 13021)
Band 7 (rororo 13262)
Band 8 (rororo 13427)
Band 9 (rororo 13541)
Band 10 (rororo 13697)
Band 11 (rororo 13976)
Band 12 (rororo 22266)
Band 13 (rororo 22417)

Gespenstische Weihnachtsgeschichten am Kamin
Gesammelt von Vera Pagin und Ursula Richter
(rororo 22437)
Was wäre, wenn am Heiligen Abend nicht das Christkind käme, sondern ein Gespenst? Der vorliegende Band enhält lauter schaurigschöne weihnachtliche Spukgeschichten.

rororo Unterhaltung

Die schönsten Weihnachtsgeschichten am Kamin *Eine Auswahl der schönsten Geschichten aus Band 1 - 12*
(rororo 22436)

Ursula Richter / Dorothee von Tiedemann (Hg.)
Weihnachtsgeschichten am Kamin erzählt von Prominenten
256 Seiten. Gebunden. Wunderlich
Ein Buch, das unbedingt unter den Tannenbaum gehört. Mit Geschichten von Dagmar Berghoff, Gert Haucke, Alida Gundlach, Monika Peitsch und vielen mehr.
Vom Erlös eines jeden verkauften Exemplars gehen zwei Mark an das Kinderhilfswerk Plan International.

3680/1